महाठग नटवरलाल

महाठग नटवरलाल

ताजमहल को तीन बार बेचनेवाले शातिर की सनसनीखेज कहानी

महेश दत्त शर्मा

युवा हिंदी
Zip Zap Books

प्रकाशक : **युवा हिंदी**
भवन संख्या 2/42 (दूसरी मंजिल), अंसारी रोड, दरियागंज, नई दिल्ली–110002
 / संस्करण : प्रथम, 2024 / पेपरबैक मूल्य : तीन सौ रुपए
मुद्रक : आर–टेक ऑफसेट प्रिंटर्स, दिल्ली ISBN 978-93-94871-69-4

MAHATHAG NATWARLAL
by Shri Mahesh Dutt Sharma ₹ 300.00 (PB)
Published by **YUVA HINDI**
An imprint of **Namaskar Books**
Building No. 2/42 (Second Floor), Ansari Road, Daryaganj, New Delhi-2

प्रस्तावना

आपराधिक कथा-क्रम के इतिहास में कुछ ही नाम नटवरलाल उर्फ मिथिलेश कुमार श्रीवास्तव जितनी कुख्याति और आकर्षण पैदा करते हैं। एक मास्टर ठग, पहचान बदलने में गिरगिट और धोखे में छिपी एक पहेली—नटवरलाल के जीवन ने दुनिया भर के लोगों की कल्पना को मोहित किया है। इस पुस्तक का उद्देश्य उनके व्यक्तित्व के आसपास के रहस्य की परतों को उधेड़ना, उसके कारनामों के जटिल जाल, उनके चरित्र की जटिलताओं एवं अपराध और समाज के कुछ क्षेत्रों पर उनके द्वारा छोड़े गए स्थायी प्रभाव को उजागर करना है।

नटवरलाल की कहानी दुःसाहस, बुद्धि और धन की अथक खोज की एक उल्लेखनीय कहानी है। एक छोटे शहर में मामूली परिस्थितियों में जनमे मिथिलेश उर्फ नटवरलाल ने छोटी उम्र से ही धोखे की कला में अपने कौशल को निखारते हुए हेर-फेर करने की एक उल्लेखनीय योग्यता प्रदर्शित की।

पुस्तक की शुरुआत नटवरलाल के प्रारंभिक जीवन और उसके मार्ग को आकार देनेवाले रचनात्मक अनुभवों का पता लगाने से होती है। यह उन महत्त्वपूर्ण क्षणों का पता लगाती है, जो उसे अवैध लाभ की राह पर ले गए, जिसने परिस्थितियों और व्यक्तिगत विकल्पों की परस्पर जटिल क्रिया का खुलासा करते हुए एक कुख्यात ठग में उसके परिवर्तन के लिए मंच तैयार किया।

जैसे-जैसे अध्याय खुलते हैं, पाठकों को नटवरलाल की कई बुराइयों और विस्तृत योजनाओं के माध्यम से एक रोमांचक यात्रा पर ले जाया जाता है। प्रत्येक अध्याय उसके आपराधिक कॅरियर के एक विशिष्ट पहलू पर प्रकाश डालता है; उसके द्वारा अपनाए गए तरीकों, उसके द्वारा चुने गए लक्ष्यों और जिस दु:साहस के साथ उसने अपनी योजनाओं को क्रियान्वित किया, उसकी खोज करता है। तथ्य, आँकड़े और विस्तृत विवरण उसके संचालन के पैमाने तथा जटिलता की व्यापक समझ प्रदान करते हैं।

लेकिन यह पुस्तक नटवरलाल के अपराधों के महज बखान से भी आगे जाती है। यह एक ठग के मनोविज्ञान की पड़ताल करती है; उन प्रेरणाओं, भय और इच्छाओं को समझने की कोशिश करती है, जो उसे प्रेरित करती हैं। यह सत्य और कल्पना के बीच धुँधली रेखाओं, किनारे पर रहनेवाले जीवन के आकर्षण एवं शक्ति, धन और मानवीय भेद्यता की जटिल परस्पर क्रिया की जाँच करती है।

यह पुस्तक नटवरलाल के पीड़ितों, उसके सहयोगियों और यहाँ तक कि कानून प्रवर्तन एजेंसियों—जिन्हें उसे न्याय दिलाने का काम सौंपा गया था—पर उसके कार्यों के प्रभाव का भी पता लगाती है। यह उसके धोखे के व्यापक प्रभावों पर प्रकाश डालती है तथा उसके अपराधों के गहन व्यक्तिगत और सामाजिक परिणामों को प्रकट करती है।

नटवरलाल की कहानी काले व सफेद रंग की नहीं, बल्कि कई रंगों का एक चित्रपट है। यह हमारे नैतिक विवेक को चुनौती देती है, हमें विश्वास की प्रकृति पर सवाल उठाने के लिए मजबूर करती है और हमें इस असुविधाजनक सच्चाई से रू-बरू कराती है कि सही व गलत के बीच की रेखा अकसर धुँधली होती है। पाठकों के रूप में हम नैतिकता, सहानुभूति और निषिद्ध आकर्षण के गँदले पानी में तैरने के लिए मजबूर हैं।

हालाँकि, नटवरलाल का जीवन धोखे में डूबा हुआ हो सकता है, लेकिन इस पुस्तक का उद्‌देश्य उसकी कहानी के भीतर छिपे पाठों को उजागर करना भी है। यह हमें अपने और समाज के भीतर की कमजोरियों पर विचार करने

के लिए प्रेरित करती है, जो धोखेबाज कलाकारों को पनपने देती है। यह हमें खुद को और दूसरों को धोखे का शिकार होने से बचाने के लिए सतर्क रहने, संदेह पैदा करने और मानव व्यवहार की गहरी समझ विकसित करने का आग्रह करती है।

सूक्ष्म शोध, साक्षात्कार और प्रत्यक्ष विवरण के माध्यम से यह पुस्तक नटवरलाल उर्फ मिथिलेश कुमार श्रीवास्तव के जीवन एवं विरासत पर प्रकाश डालने का प्रयास करती है। यह एक ऐसे व्यक्ति की व्यापक खोज है, जिसने अपराध की दुनिया पर एक अमिट छाप छोड़ी; साथ ही विश्वास, अखंडता और मानव-मन की जटिलताओं की हमारी समझ को चुनौती दी। किसी भी कथा को रोचक बनाने के लिए एक काल्पनिक संसार की बुनावट करना जरूरी हो जाता है। नटवरलाल उर्फ मिथिलेश कुमार श्रीवास्तव की इस कथा-यात्रा में अनेक लोगों से की गई बातों के माध्यम से भी कहानियाँ बुनी गई हैं अत: उनमें नाटकीयता और अतिशयोक्ति भी देखने को मिल सकती है; लेकिन कथा-प्रवाह को रोचक और रोमांचक बनाए रखने के लिए हमने कुछ नाटकीय तत्त्वों को बनाए रखा है।

जैसे-जैसे पाठक इस यात्रा पर आगे बढ़ते हैं, हम उन्हें उस रहस्य का पता लगाने के लिए आमंत्रित करते हैं, जो नटवरलाल स्वयं है—एक ऐसा व्यक्ति, जिसका जीवन भ्रम द्वारा परिभाषित था, जिसकी विरासत जिज्ञासा जगाती रहती है और जिसके कारनामे हमें अपने समाज के ढाँचे पर सवाल उठाने के लिए मजबूर करते हैं। नटवरलाल की कहानी एक सावधान करनेवाली कहानी है। यह हमें याद दिलाती है कि दिखावा धोखा दे सकता है और गलत तरीके से कमाए गए लाभ की खोज में अंतत: भारी कीमत चुकानी पड़ सकती है।

हम आशा करते हैं कि यह पुस्तक नटवरलाल की दुनिया में एक खिड़की के रूप में काम करेगी, जो एक मास्टर ठग के दिमाग की झलक और आत्मनिरीक्षण का अवसर—दोनों प्रदान करेगी। जैसे-जैसे हम कहानी में आगे बढ़ते हैं, हमें याद दिलाया जाता है कि किसी व्यक्ति की असली पहचान उसके द्वारा अर्जित की गई संपत्ति या बनाए गए भ्रम में नहीं, बल्कि उसके

द्वारा चुने गए विकल्पों, दूसरों पर उसके प्रभाव और सच्चाई पर आधारित जीवन की खोज में निहित है।

नटवरलाल उर्फ मिथिलेश कुमार श्रीवास्तव की मनोरम दुनिया में आपका स्वागत है—एक ऐसी दुनिया, जहाँ परछाइयाँ नृत्य करती हैं, धोखे का राज होता है और मानवीय भावना की परीक्षा होती है। यह यात्रा आपकी चेतना पर एक अमिट छाप छोड़े और मानवीय स्थिति की पेचीदगियों के बारे में एक संवाद को प्रज्वलित करे। आइए, खोज शुरू करें!

—लेखक

अनुक्रम

1

एक महाठग की उत्पत्ति

नटवरलाल उर्फ मिथिलेश कुमार श्रीवास्तव, जिसे इतिहास के सबसे महा ठगों में से एक के रूप में जाना जाता है, की एक दिलचस्प मूल कहानी थी, जिसने उसके कुख्यात कॅरियर की नींव रखी। 11 नवंबर, 1912 को बिहार के सिवान जिले के बँगरा गाँव में जनमा नटवरलाल एक साधारण परिवार में पला-बढ़ा। उसके पिता रघुनाथ श्रीवास्तव एक स्थानीय सरकारी कार्यालय में क्लर्क के रूप में काम करते थे, जबकि उसकी माँ शांति देवी घर का कामकाज सँभालती थीं।

अपने बचपन के दौरान नटवरलाल ने हेर-फेर और धोखे की असाधारण क्षमता प्रदर्शित की। वह अकसर अपने साथियों को अपने खिलौने या पॉकेट मनी उसे देने के लिए मना लेता था और अपनी मीठी जबान का पूर्णता से उपयोग करता था। जैसे-जैसे वह बड़ा हुआ, उसकी भ्रामक क्षमताएँ विकसित हुईं और उसने अपने कौशल का परीक्षण अपने गाँव की सीमा से बाहर करना शुरू कर दिया।

17 साल की उम्र में नटवरलाल ने उच्च शिक्षा हासिल करने का फैसला किया और प्रतिष्ठित पटना विश्वविद्यालय में दाखिला लिया। प्रेरक तर्क-वितर्क की शक्ति को पहचानते हुए उसने कानून का अध्ययन करना चुना; हालाँकि, उसकी शैक्षणिक गतिविधियों ने लोगों को धोखा देने की उसकी प्रवृत्ति में बाधा नहीं डाली। वास्तव में, उसने उसकी कुटिल योजनाओं के लिए प्रजनन भूमि के रूप में कार्य किया।

नटवरलाल का पहला महत्त्वपूर्ण धोखा सन् 1936 में उसके लॉ स्कूल के दूसरे वर्ष के दौरान हुआ। उसने एक कानूनी खामी का पता लगाया, जिससे उसे अपने भूमि विवादों का त्वरित और आसान समाधान चाहनेवाले संदिग्ध व्यक्तियों का शोषण करने की शक्ति मिली। जाली दस्तावेजों और कानूनी शब्दजाल का प्रयोग करके उसने खुद को एक प्रतिष्ठित वकील के रूप में स्थापित किया और अपने ग्राहकों की हताशा का लाभ उठाया। नटवरलाल अपने पीड़ितों से बड़ी रकम वसूलने में कामयाब रहा और उन्हें जमीन का मालिकाना हक दिलाने का वादा किया, जो कभी पूरा नहीं हुआ।

नटवरलाल की सफल धोखाधड़ी की बात जंगल की आग की तरह फैल गई, जिसने कानून प्रवर्तन एजेंसियों का ध्यान आकर्षित किया। हालाँकि, कैद से बचने की उसकी क्षमता उसके एक दूसरे पक्ष की तरह ही प्रसिद्ध हो गई। अपने कॅरियर के दौरान उसे 100 से अधिक बार गिरफ्तार किया गया, लेकिन हर अवसर पर वह अकसर भेस बदलकर और झूठी पहचान का इस्तेमाल करके हिरासत से भागने में सफल रहा।

सन् 1943 में नटवरलाल ने अपनी सबसे दु:साहसी साजिश रची। एक सरकारी अधिकारी के रूप में प्रस्तुत करते हुए उसने कई धनी व्यापारियों को 'चार्टर्ड बैंक ऑफ इंडिया' नामक एक काल्पनिक कंपनी में निवेश करने के लिए राजी किया। जटिल झूठ का जाल बनाकर उसने उन्हें आश्वस्त किया कि बैंक को ब्रिटिश सरकार द्वारा युद्ध-प्रयासों के लिए धन जुटाने के लिए अधिकृत किया गया था। नटवरलाल ने उनके निवेश पर उच्च रिटर्न देने का वादा किया और जल्द ही बहुत सारी संपत्ति अर्जित कर ली।

सन् 1956 तक नटवरलाल की किस्मत खराब होनी शुरू नहीं हुई थी। ऐतिहासिक ताजमहल की बिक्री से जुड़े उसके घोटाले ने अधिकारियों का ध्यान आकर्षित किया। उसने प्रतिष्ठित स्मारक के स्वामित्व का दावा करते हुए विस्तृत दस्तावेज तैयार किए थे और उसे एक अमीर व्यापारी

को अत्यधिक ऊँची राशि में बेचने में कामयाब रहा। ताजमहल की बिक्री की खबर जंगल की आग की तरह फैल गई, जिससे जनता और मीडिया में हंगामा मच गया।

पुलिस और केंद्रीय जाँच ब्यूरो (सी.बी.आई.) के संयुक्त प्रयासों से आखिरकार, 1966 में नटवरलाल की गिरफ्तारी हुई। कानून के चंगुल से इस ठग का असाधारण पलायन समाप्त हो गया; लेकिन भारत के सबसे कुख्यात अपराधियों में से एक के रूप में मजबूती से स्थापित उसकी विरासत समाप्त हो गई थी।

सन् 1967 में नटवरलाल का मुकदमा राष्ट्रीय सनसनी बन गया। अदालत कक्ष खचाखच भरा हुआ था, क्योंकि लोग कुख्यात ठग की एक झलक पाने के लिए आपस में भिड़ रहे थे। मुकदमे के दौरान नटवरलाल की बुद्धिमत्ता और कुटिलता चमक उठी, क्योंकि वह अपने फायदे के लिए अदालती कार्यवाही में हेर-फेर करने में कामयाब रहा। उसने न्यायाधीश को आश्वस्त किया कि उसके कार्य लालच से प्रेरित नहीं थे, बल्कि कानूनी व्यवस्था में खामियों को उजागर करने की इच्छा से प्रेरित थे।

उसके खिलाफ ढेर सारे सबूत होने के बावजूद उसके आकर्षण और करिश्मे ने उसे समाज के कुछ वर्गों से सहानुभूति दिलवाई। उसकी कहानी ने देश को मंत्रमुग्ध कर दिया। कई जेलों की सजा काटने के बावजूद नटवरलाल ने धोखाधड़ी के प्रति अपना जुनून कभी कम नहीं किया। 25 जुलाई, 2009 को 96 वर्ष की आयु में उसका निधन हो गया और वह अपने पीछे एक ऐसी विरासत छोड़ गया, जो आपराधिक कथा के इतिहास में हमेशा अंकित रहेगी।

नटवरलाल उर्फ मिथिलेश कुमार श्रीवास्तव की कहानी एक चेतावनी देने वाली कहानी है। यह याद दिलाती है कि इनसान का लालच हमें कितनी गहराई तक ले जा सकता है। यह अनुनय-विनय की शक्ति और सुनिष्पादित धोखाधड़ी के आकर्षण का एक प्रमाण है। नटवरलाल नाम हमेशा दुःसाहस, बुद्धिमत्ता और धोखे की कला का पर्याय रहेगा।

रोचक तथ्य

- मूल रूप से नटवरलाल का नाम मिथिलेश कुमार श्रीवास्तव था।
- उसका जन्म बिहार के सिवान जिले के बँगरा गाँव में हुआ था। उसका जन्म एक मध्यम वर्गीय परिवार में हुआ था और उसके पिता एक सरकारी कर्मचारी थे।
- उसके दो छोटे भाई थे।
- नटवरलाल पेशे से एक वकील था, जिसने बाद में अपराध करना शुरू कर दिया और जल्द ही भारत का सबसे बड़ा ठग बन गया।
- वह जाली हस्ताक्षर करने के लिए बदनाम था और यह काम पूरी सटीकता से कर सकता था। इसके चलते उसने करोड़ों की धोखाधड़ी की।
- लोगों से उनके पैसे ठगने के लिए नटवरलाल ने छद्म वेशों में 50 से अधिक नामों का इस्तेमाल किया।
- कहा जाता है कि उसने टाटा, बिड़ला एवं धीरूभाई अंबानी समेत कई उद्योगपतियों को धोखा दिया और उनसे भारी रकम वसूली।
- सन् 1996 में जब उसे आखिरी बार गिरफ्तार किया गया, तब वह 84 साल का था। इस बार भी वह भागने में सफल रहा।
- नटवरलाल की मौत एक रहस्य थी, जबकि उसके वकीलों का दावा है कि उसकी मृत्यु 25 जुलाई, 2009 को हुई थी। उसके भाई गंगा प्रसाद श्रीवास्तव ने दावा किया था कि सन् 1996 में राँची में उसका अंतिम संस्कार किया गया था।
- उसे अपने गाँव में 'रॉबिनहुड' कहा जाता था।
- कई फिल्में उससे प्रेरित थीं।
- उसकी दो पत्नियाँ थीं, लेकिन उसकी एक बेटी बची थी, जो बाद में राँची में बस गई और उसने एक सैनिक से शादी कर ली।
- उसे डमी हस्ताक्षर करने की कला में महारत हासिल थी। इसके अलावा, जाली दस्तावेज बनाने, धारा-प्रवाह अंग्रेजी बोलने

और अपना भेस बदलने की उसकी क्षमता ने उसे धोखाधड़ी से सफलतापूर्वक निपटने में मदद की।

- हालाँकि, उसने अपने जीवनकाल में कई घोटाले किए, लेकिन केवल कुछ ही दर्ज और प्रमाणित किए गए।
- वह इतना चतुर व्यक्ति था कि उसने सभी मंत्रियों की उपस्थिति में ताजमहल को तीन बार, लाल किले को दो बार, राष्ट्रपति भवन एवं संसद् भवन को एक-एक बार बेच दिया।
- वह कभी-कभी खुद को सामाजिक कार्यकर्ता, कभी व्यवसाय प्रबंधक और क्रय अधिकारी के रूप में भी पेश करता था। वह अकसर अपने पीड़ितों को फर्जी चेक से भुगतान करता था और ड्राफ्ट की माँग करता था।
- वह अकसर अमीर विदेशियों को निशाना बनाता था और किसी तरह सरकारी मुहरें, खुली जमीन, इमारत, तहखाना, बगीचा आदि वाले कागजात हासिल करने में कामयाब हो जाता था। वह जाली हस्ताक्षर बनाने में इतना कुशल था कि विदेशी भी उस पर आँखें मूँदकर भरोसा करते थे।
- सन् 1937 में 9 टन लोहा चुराने के आरोप में अपनी पहली गिरफ्तारी के बाद नटवरलाल ने अस्थायी रूप से अपनी रणनीति बदल दी। पुलिस के अनुसार, वह नियमित रूप से वेश्याओं के पास जाता था, उन्हें जहरीली शराब देता था, उनके गहने व पैसे चुरा लेता था और भाग जाता था। हालाँकि, नटवरलाल को जल्द ही यह रणनीति बहुत खतरनाक लगी और वह फिर से धोखाधड़ी करने लगा।
- वह अकसर लोगों को धोखा देने के लिए ब्लॉकबस्टर विचारों का इस्तेमाल करता था, जैसे कि 1950 के दशक में एक उदाहरण, जहाँ उसने रेल माल-ढुलाई और चावल की बोरियों से जुड़े घोटाले में पंजाब नेशनल बैंक को 6.5 लाख रुपए का चूना लगाया था।

- उसके द्वारा किए गए कुल घोटालों का कोई एकत्र रिकॉर्ड आज तक नहीं है। उसने समाज-सेवा, एन.जी.ओ. आदि के नाम पर भी राजनेताओं के साथ-साथ देश के कुछ अमीर व्यापारियों को निशाना बनाया।
- उसके खिलाफ देश भर में 150 मामले दर्ज किए गए, लेकिन उनमें से केवल 9 पर ही अदालत में फैसला सुनाया गया। वास्तव में तो उसे 113 साल की कैद होनी चाहिए थी लेकिन उसने सिर्फ 30 साल ही जेल में बिताए; हालाँकि इनमें से अधिकांश बार वह बच निकलने और भागने में सफल रहा। उदाहरण के लिए, सन् 1957 में नटवरलाल तस्करी करके लाई गई पुलिस की वरदी पहनकर अपने सेल गार्ड को पैसों से भरे सूटकेस के साथ रिश्वत देकर कानपुर जेल से भाग गया, फिर सामनेवाले गेट से बाहर निकल गया। गार्डों ने उसे सलामी दी। सूटकेस में दरअसल अखबार थे।
- उसके बार-बार भागने के कारण ऐसा माना जाता है कि उसने अपने जीवन के दौरान केवल 20 साल जेल में बिताए।
- आखिरी बार नटवरलाल को सन् 1996 में 84 साल की उम्र में गिरफ्तार किया गया था। अपनी वृद्धावस्था और व्हीलचेयर का इस्तेमाल करने के बावजूद वह फिर से भागने में सफल रहा और अधिकारियों ने उसे आखिरी बार 24 जून, 1996 को जेल से अस्पताल ले जाते समय देखा था।
- इलाज के लिए कानपुर जेल से पुलिस सुरक्षा के तहत एम्स ले जाते समय वह नई दिल्ली रेलवे स्टेशन पर गायब हो गया, जिसके बाद उसे फिर कभी नहीं देखा गया।
- सन् 2009 में नटवरलाल के वकील ने अनुरोध किया कि उसके खिलाफ लंबित 100 से अधिक आरोप हटा दिए जाएँ, यह दावा करते हुए कि 25 जुलाई, 2009 को उसकी मृत्यु हो गई है।

हालाँकि, नटवरलाल के भाई ने बाद में दावा किया कि 1996 में, जिस वर्ष वह आखिरी बार भाग निकला था, राँची में उसका अंतिम संस्कार किया गया था। इस कारण उसकी मृत्यु की सटीक तारीख अनिश्चित है।

□

2

जन्म और आरंभिक जीवन

वह वर्ष 1912 था, जब मिथिलेश कुमार श्रीवास्तव इस दुनिया में आया। छोटी उम्र से ही उसने अपने आसपास के लोगों को आकर्षित करने और उनके साथ छेड़छाड़ करने की उल्लेखनीय क्षमता प्रदर्शित की। एक बच्चे के रूप में भी अपनी मीठी जबान और त्वरित सोच से वह सरलता से अपने साथियों को उनके प्यारे खिलौने या उपहार उसे देने के लिए मना लेता था। यह एक ऐसी प्रतिभा थी, जो बाद में उनके दु:साहसिक विचारों की नींव के रूप में काम आई।

एक साधारण घर में पले-बढ़े मिथिलेश ने घर चलाने के लिए गुजारा कर अपने माता-पिता के संघर्ष को देखा। उनकी वित्तीय बाधाओं और बेहतर जीवन की इच्छा ने उसके भीतर एक चिनगारी प्रज्वलित कर दी—एक महत्त्वाकांक्षा, जो उसे अकल्पनीय ऊँचाइयों तक ले गई। अपने छोटे से गाँव की सीमा से बाहर निकलने के लिए शिक्षा मिथिलेश का टिकट बन गई। उसके माता-पिता ने उसकी बुद्धिमत्ता को पहचानते हुए उसे आगे पढ़ाई करने के लिए प्रोत्साहित किया। अपने अटूट समर्थन के साथ उसने स्कूल में दाखिला लिया और पढ़ाई के प्रति गहरी योग्यता प्रदर्शित की।

मिथिलेश की ज्ञान की प्यास ने उसे भारत के सबसे प्रतिष्ठित शैक्षणिक संस्थानों में से एक, पटना विश्वविद्यालय में दाखिला लेने के लिए प्रेरित किया। वहाँ अपने समय के दौरान उसने अनुनय की शक्ति और बयानबाजी

की कला का अभ्यास किया। उसने कानून का अध्ययन करना चुना, यह पहचानते हुए कि कानून एक ऐसा उपकरण था, जिसमें अपने लक्ष्यों को प्राप्त करने के लिए हेर-फेर किया जा सकता था।

सन् 1936 में अपने लॉ स्कूल के दूसरे वर्ष के दौरान मिथिलेश को अचानक एक मानसिक बीमारी हुई। उसे एक ऐसी कानूनी खामी का सामना करना पड़ा, जो उसके भविष्य के नुकसान की नींव बन जाएगी। भूमि विवादों में उलझे लोगों की असुरक्षा को पहचानते हुए उसने महसूस किया कि वह व्यक्तिगत लाभ के लिए उनकी हताशा का लाभ उठा सकता है।

अपने नए ज्ञान से लैस होकर मिथिलेश ने अपना पहला बड़ा काम शुरू किया। जाली कानूनी दस्तावेज बनाकर और कानूनी शब्द-जाल का प्रयोग करके उसने खुद को भूमि विवादों में विशेषज्ञता वाले एक प्रतिष्ठित वकील के रूप में स्थापित किया। त्वरित समाधान चाहनेवाले हताश व्यक्ति उसके अनजाने शिकार बन गए, क्योंकि उसने उन्हें वादा किए गए भूमि स्वामित्व के बदले बड़ी रकम देने में हेर-फेर किया, जो उसकी कल्पना से ज्यादा कुछ नहीं था।

मिथिलेश की सफल धोखाधड़ी की बात जंगल की आग की तरह फैल गई, और जल्द ही उसने खुद को धोखे तथा खतरे के जाल में उलझा हुआ पाया। कानून प्रवर्तन एजेंसियों ने उस पर ध्यान देना शुरू कर दिया। लेकिन पकड़ से बच निकलने की उस धोखेबाज की क्षमता उतनी ही प्रसिद्ध हो गई, जितनी उसकी खुद की साजिशें।

जैसे-जैसे साल बीतते गए, मिथिलेश ने अपने कौशल को निखारा और घोटालों के अपने भंडार का विस्तार किया। उसने विभिन्न व्यक्तित्वों एवं पहचानों के साथ प्रयोग किए, अकसर पहचान से बचने के लिए झूठे नाम और भेस धारण किए। जनता और मीडिया उस मायावी ठग पर मोहित हो गए, जिससे उसका रहस्य और भी बढ़ गया।

सन् 1943 में मिथिलेश ने अब तक की अपनी सबसे साहसी साजिश में से एक का आयोजन किया। एक सरकारी अधिकारी के रूप में स्वयं को

प्रस्तुत करते हुए उसने एक ऐसी योजना तैयार की, जिसमें धनी व्यापारियों की देशभक्ति और उदारता का लाभ उठाया गया। उसने 'चार्टर्ड बैंक ऑफ इंडिया' नाम से एक काल्पनिक कंपनी की स्थापना की और अपने लक्ष्यों को आश्वस्त किया कि उनके निवेश युद्ध-प्रयासों का समर्थन करेंगे। मिथिलेश ने उन्हें आकर्षक रिटर्न देने का वादा किया और कई लोग उसकी लुभावनी रणनीति के शिकार हो गए, जिसके परिणामस्वरूप उसके पास पर्याप्त धनराशि जमा हो गई।

सन् 1956 मिथिलेश के आपराधिक कॅरियर में एक महत्त्वपूर्ण मोड़ साबित हुआ। यूनेस्को के विश्व धरोहर स्थल प्रतिष्ठित ताजमहल को बेचने की उसकी महत्त्वाकांक्षी योजना ने अधिकारियों का ध्यान आकर्षित किया। जाली दस्तावेजों और झूठ के जाल का प्रयोग करके उसने एक धनी व्यापारी को स्मारक खरीदने के लिए मना लिया। ताजमहल की बिक्री की खबर ने पूरे देश को स्तब्ध कर दिया, जनता में आक्रोश भड़क गया और दुःसाहसी ठग की राष्ट्रव्यापी तलाश शुरू हो गई।

हालाँकि, तीन दशकों से अधिक समय तक पकड़ से बचने के बाद सन् 1966 तक ऐसा नहीं हुआ, तब मिथिलेश की किस्मत खराब होने लगी। उसके भागने का असाधारण सिलसिला तब समाप्त हो गया, जब पुलिस ने अंततः उसे पकड़ लिया। ठग की किस्मत खराब हो चुकी थी और देश उस मुकदमे का इंतजार कर रहा था, जो इतिहास के सबसे महान् ठगों में से एक के रहस्यों को उजागर करेगा।

मिथिलेश कुमार श्रीवास्तव के 'नटवरलाल' में तब्दील होने की कहानी अभी शुरू ही हुई थी। एक चतुर व महत्त्वाकांक्षी युवक के रूप में उसके उदय ने जीवन भर धोखे, हेर-फेर और दुःसाहस के लिए मंच तैयार किया। दुनिया उसकी योजनाओं की सीमा, उसकी बुद्धि की गहराई और एक सच्चे धोखेबाज के तीव्र आकर्षण को जानने वाली थी।

□

3

धोखे के प्रारंभिक पाठ

बिहार के बँगरा गाँव में युवा मिथिलेश कुमार श्रीवास्तव एक ऐसी यात्रा पर निकला, जो उसके भाग्य को आकार देगी। उस साधारण गाँव की सीमा के भीतर ही उसने धोखे में अपना प्रारंभिक सबक सीखा, अपने कौशल को निखारा, जिसने उसे दुनिया के अब तक के सबसे महान् ठगों में से एक बना दिया।

बचपन में मिथिलेश एक तेज-तर्रार और चौकस लड़का था। उसके पास एक प्राकृतिक करिश्मा था, जो लोगों को उसकी ओर आकर्षित करता था, जिससे वह अपने लाभ के लिए स्थितियों में हेर-फेर करने में सक्षम हो जाता था। वह एक ऐसी दुनिया में रहता था, जहाँ अस्तित्व अकसर संसाधनशीलता पर निर्भर करता था, और उसने अपनी परिस्थितियों से ऊपर उठने के साधन के रूप में धोखे की कला को उत्सुकता से अपनाया।

मिथिलेश को धोखे का पहला पाठ तब सीखने को मिला, जब वह सिर्फ 8 साल का था। गाँव के बाजार में उसने स्थानीय फल विक्रेता को कुशलतापूर्वक ग्राहकों को उसकी उपज खरीदने के लिए लुभाते हुए देखा। विक्रेता की प्रेरक तकनीकों से प्रभावित होकर मिथिलेश ने उसकी हर गतिविधि का अध्ययन करना शुरू कर दिया।

एक मासूम दर्शक की आड़ में मिथिलेश ने विक्रेता की रणनीति को ध्यान से देखा। उसने देखा कि विक्रेता कैसे सबसे रसीले फलों को कुशलता

से चुनता है और उन्हें ताजगी के शिखर के रूप में प्रस्तुत करता है। उसने देखा कि कैसे विक्रेता ने संभावित ग्राहकों को मैत्रीपूर्ण बातचीत में शामिल किया, जिससे उन्हें विशेष और मूल्यवान् महसूस हुआ। पूरी प्रक्रिया हेर-फेर में एक मास्टरक्लास थी और युवा मिथिलेश एक चौकस छात्र था।

मिथिलेश को अपने नए ज्ञान का परीक्षण करने का निर्णय लेने में ज्यादा समय नहीं लगा। घटिया फलों की एक टोकरी के साथ उसने खुद को अनुभवी विक्रेता से कुछ स्टॉलों की दूरी पर खड़ा कर लिया। अपने चेहरे पर मुसकान और आँखों में चमक के साथ उसने वही तकनीक अपनानी शुरू कर दी, जो उसने देखी थी।

उसका दृष्टिकोण थोड़ा अलग था, क्योंकि उसके पास अनुभवी विक्रेता की तरह गुणवत्तापूर्ण उपज का अभाव था। इसके बजाय, उसने कहानियाँ बुनने और अपने संभावित ग्राहकों की कल्पना को पकड़ने की अपनी क्षमता पर भरोसा किया। अपने आकर्षक व्यवहार और उन विदेशी भूमियों, जहाँ वह फल पैदा होते थे, की मनगढ़ंत कहानियों के साथ, वह अपने प्रतिस्पर्धियों की तुलना में अपनी घटिया उपज को अधिक कीमत पर बेचने में कामयाब रहा।

अपने प्रयास की सफलता ने मिथिलेश को प्रोत्साहित किया, जिससे धोखे की दुनिया में गहराई से उतरने की उसकी इच्छा बढ़ गई। वह शब्दों की शक्ति, अनुनय की कला और लोगों की धारणाओं में हेर-फेर करने की क्षमता को समझने लगा। इन शुरुआती अनुभवों ने उसे सिखाया कि आकर्षण, आत्मविश्वास और मनगढ़ंत कहानियों का सही संयोजन सबसे समझदार व्यक्तियों को भी प्रभावित कर सकता है।

जैसे-जैसे मिथिलेश बड़ा होता गया, धोखे की उसकी प्रवृत्ति गाँव के बाजार से आगे बढ़ गई। उसने अपने साथियों और परिचितों को निशाना बनाते हुए अपनी चालाकी के लिए नए रास्ते खोजे। वह अपने दोस्तों को अस्थायी उधार की आड़ में अपने कीमती खिलौने उधार देने के लिए मना लेता था; लेकिन बाद में वह ऐसी चीजें लेकर गायब हो जाता था, जो फिर कभी दिखाई

नहीं देती थीं। मिथिलेश के साथी हतप्रभ रह जाते और समझ नहीं पाते थे कि वे उसकी चाँदी जैसी जीभ से इतनी आसानी से कैसे प्रभावित हो जाते थे!

किशोरावस्था के दौरान मिथिलेश की हेर-फेर की प्रवृत्ति नई ऊँचाइयों पर पहुँच गई। उसने माना कि मानवीय भावनाओं का दोहन करने से महत्त्वपूर्ण लाभ मिल सकते हैं। वह रोमांच और खजाने की विस्तृत कहानियाँ सुनाता था, जिससे उसके आसपास के लोगों में लालच व जिज्ञासा पैदा हो जाती थी। सावधानीपूर्वक गढ़ी गई कहानियों के माध्यम से उसने अपने परिचितों को छिपे हुए धन की तलाश में उसके साथ शामिल होने के लिए राजी किया और उन्हें जंगली हंसों का पीछा करने के लिए प्रेरित किया; जबकि उसने उनकी उत्सुकता से लाभ उठाया।

हालाँकि, धोखे के ये शुरुआती सबक परिणाम-रहित नहीं थे। मिथिलेश के कार्यों के परिणाम तनावपूर्ण रिश्तों और कभी-कभार प्रतिशोध—दोनों के रूप में होते थे। कुछ ग्रामीणों ने उसकी चालों को समझना शुरू कर दिया और उसे एक चालबाज करार देना शुरू कर दिया।

मिथिलेश को इस बात का जरा भी अंदाजा नहीं था कि धोखे के ये शुरुआती सबक एक बहुत बड़े मुकाम की ओर कदम बढ़ाएँगे। बँगरा गाँव उसकी महत्त्वाकांक्षाओं को रोकने के लिए बहुत छोटा हो जाएगा और वह जल्द ही एक ऐसी दुनिया पर अपना ध्यान केंद्रित करेगा, जहाँ हेर-फेर करने की उसकी प्रतिभा का बड़े पैमाने पर परीक्षण किया जाएगा।

मास्टर ठग नटवरलाल का जन्म निकट था। धोखे की दुनिया में उसके पालन-पोषण ने उसे एक दुर्जेय शक्ति में ढाला था—एक ऐसी शक्ति, जो नैतिकता की सीमाओं को चुनौती देगी और आपराधिक कथा-क्रम के इतिहास पर एक अमिट छाप छोड़ेगी।

□

4
भेस बदलने की कला

मास्टर ठग नटवरलाल के पास एक उल्लेखनीय प्रतिभा थी, जो उसे अपनी कला—भेस बदलने की कला—में दूसरों से अलग करती थी। अपनी शक्ल बदलने और अलग-अलग पहचान अपनाने की अपनी क्षमता के साथ वह बार-बार पकड़ से बचता रहा, जिससे अधिकारी और पीड़ित हतप्रभ रह जाते।

नटवरलाल ने छोटी उम्र से ही लोगों, उनके तौर-तरीकों और उनके शारीरिक लक्षणों को देखने की अद्‌भुत क्षमता का प्रदर्शन किया। उसकी याददाश्त अद्‌भुत थी और वह छोटी-से-छोटी बात को भी आश्चर्यजनक सटीकता के साथ याद कर सकता था। विस्तार के प्रति यह गहरी नजर वह नींव बन गई, जिस पर उसने छद्‌म वेशों का भंडार तैयार किया।

नटवरलाल समझ गया कि एक सफल छद्‌म वेश केवल अपना रूप बदलने से परे होता है। इसके लिए उस चरित्र की गहरी समझ की आवश्यकता थी, जिसे वह चित्रित करना चाहता था—उनके भाषण पैटर्न, तौर-तरीके और व्यवहार। उसने जीवन के सभी क्षेत्रों के व्यक्तियों का अध्ययन किया, उनकी अनूठी विशेषताओं का अवलोकन किया और उन्हें अपने प्रदर्शनों की सूची में शामिल किया।

अपने भेस को अंजाम देने के लिए नटवरलाल ने मेकअप, नकली अंग, विग और वेशभूषा सहित कई तकनीकों का इस्तेमाल किया। वह

पूरी तरह से नई पहचान ग्रहण करने और कानून के जाल की दरारों से बाहर निकलने के लिए उन उपकरणों का उपयोग करके परिवर्तन का मास्टर बन गया।

उसका सबसे यादगार भेस एक बुजुर्ग प्रोफेसर का था। मेकअप कलाकारों और कुशल कारीगरों की मदद से नटवरलाल ने अपने युवा चेहरे को उम्र व बुद्धिमत्ता से चिह्नित चेहरे में बदल दिया। एक प्रतिष्ठित शिक्षाविद् के व्यक्तित्व को मूर्त रूप देने के लिए उसने चश्मा लगाया, झुर्रियाँ जोड़ीं और यहाँ तक कि अपनी चाल भी बदल ली।

बुजुर्ग प्रोफेसर के रूप में नटवरलाल प्रतिष्ठित संस्थानों का दौरा करता था, अतिथि व्याख्यान देता था और बौद्धिक चर्चाओं में शामिल होता था। उसके करिश्मे और विभिन्न विषयों के व्यापक ज्ञान ने उसे अकादमिक समुदाय के साथ सहजता से घुलने-मिलने की अनुमति दी। इस छद्म वेश ने न केवल उसे प्रभावशाली व्यक्तियों तक पहुँच प्रदान की, बल्कि उसकी नापाक गतिविधियों के लिए एक उत्कृष्ट आवरण के रूप में भी काम किया।

नटवरलाल द्वारा अपनाया गया एक और उल्लेखनीय भेस एक धनी व्यापारी का था। त्रुटिहीन सिलाई, महँगे सूट और परिष्कृत व्यवहार की कला के साथ उसने खुद को एक सौम्य व परिष्कृत टाइकून में बदल लिया। इस भेस ने उसे प्रभावशाली व्यक्तियों के साथ कंधे से कंधा मिलाकर उच्च समाज में घुसपैठ करने की अनुमति दी, जो अनजाने में उसका अगला लक्ष्य बन गए।

नटवरलाल समझ गया कि सफल भेस बदलने की कुंजी विवरण में निहित है। उसने अपने द्वारा चित्रित पात्रों के जीवन में खुद को डुबो दिया और उनके पेशे, शौक तथा रुचियों का अध्ययन किया। अपने छद्म वेशों के जीवन में इस गहरी डुबकी ने उसे उन वार्त्तालापों में शामिल होने में सक्षम बनाया, जो उसकी कल्पित पहचान के अनुरूप थे, जिससे उसकी विश्वसनीयता और मजबूत हुई।

पकड़ से बचने के लिए नटवरलाल ने सुरक्षित घरों के नेटवर्क और झूठी पहचान की एक विशाल श्रृंखला का प्रयोग किया। उसने रिश्तों का एक जटिल जाल बनाए रखा और सावधानीपूर्वक ऐसे व्यक्तियों का चयन किया, जो उसकी आपराधिक गतिविधियों से अनजान थे। इन संदिग्ध सहयोगियों ने अनजाने में उसके भागने में मदद की तथा जरूरत पड़ने पर उसे नई पहचान और सुरक्षित ठिकाने भी उपलब्ध कराए।

भेस बदलने में नटवरलाल की सहजता की क्षमता अकसर अधिकारियों को भ्रमित कर देती थी। उसे एक पहचान के तहत गिरफ्तार किया जाता, लेकिन दूसरी पहचान बनाकर वह उनकी उँगलियों से फिसल जाता। उसके चालाक स्वभाव और सावधानीपूर्वक बनाई गई योजना ने यह सुनिश्चित किया कि वह हमेशा कानून से एक कदम आगे रहे।

भेस बदलने की कला नटवरलाल के आपराधिक कॅरियर की पहचान बन गई। उसके द्वारा ग्रहण किए गए विभिन्न व्यक्तित्वों ने उसे अपने पीड़ितों के साथ छेड़छाड़ करने, उनका विश्वास हासिल करने और अपनी विस्तृत साजिशों को अंजाम देने की अनुमति दी। उसके भेस में न केवल शारीरिक परिवर्तन थे, बल्कि मनोवैज्ञानिक हेर-फेर भी थे, जो उसके लक्ष्यों की कमजोरियों का शिकार बनते थे।

जैसे-जैसे नटवरलाल की कुख्याति बढ़ती गई, वैसे-वैसे उसे अपने भेस को बनाए रखने में चुनौतियों का सामना करना पड़ा। कानून प्रवर्तन एजेंसियाँ नई पहचान धारण करने की उसकी क्षमता के बारे में तेजी से जागरूक हो गईं और उसकी तसवीरें देश भर के पुलिस स्टेशनों की शोभा बढ़ाने लगीं। लेकिन इस कड़ी जाँच के बाद भी नटवरलाल खुद को अनुकूलित करने और खुद को नया रूप देने की अपनी अद्भुत क्षमता पर भरोसा करते हुए पकड़ से बचता रहा।

भेस बदलने की कला नटवरलाल का कवच थी—एक ढाल, जो उसे उसके कार्यों के परिणामों से बचाती थी। इसने उसे किसी भी वातावरण में सहजता से घुलने-मिलने की अनुमति दी, चाहे एक प्रतिष्ठित प्रोफेसर के

रूप में, एक धनी व्यापारी के रूप में या एक विनम्र सामान्य व्यक्ति के रूप में। अपनी परिवर्तनकारी क्षमताओं के माध्यम से नटवरलाल ने सच्चाई और कल्पना के बीच की रेखाओं को धुँधला कर दिया तथा अपने पीछे धोखे एवं साजिश का निशान छोड़ दिया।

□

5

पहला दंश

नटवरलाल, वह नाम, जिसने जल्द ही कई लोगों के दिलों में भय व आकर्षण पैदा कर दिया, उसने अपनी पहली महत्त्वपूर्ण धोखाधड़ी शुरू की—एक ऐसा डंक, जिसने एक मास्टर ठग के रूप में उसके शानदार कॅरियर के लिए मंच तैयार किया।

यह 1936 का वर्ष था और अपने आकर्षण तथा चालाकी से लैस नटवरलाल ने अभी-अभी पटना विश्वविद्यालय में लॉ स्कूल का दूसरा वर्ष पूरा किया था। अपने नए ज्ञान और कौशल को परखने के लिए उत्सुक होकर उसने भूमि विवादों के क्षेत्र में कदम रखा—एक ऐसा डोमेन, जहाँ संभावित पीड़ित समाधान के लिए बेताब रहते हैं।

महत्त्वाकांक्षा और धन की चाहत से प्रेरित नटवरलाल ने एक कानूनी खामी की खोज की थी, जो उसके पहले दंश की नींव के रूप में काम करेगी। उसने महसूस किया कि भूमि विवादों में उलझे व्यक्ति अकसर त्वरित समाधान के लिए कुछ भी करने को तैयार रहते हैं, जिससे वे हेर-फेर के प्रति संवेदनशील हो जाते हैं। जाली दस्तावेजों और चाँदी की जीभ से लैस नटवरलाल ने अपनी योजना को इसी ओर गति दी।

भूमि विवादों में विशेषज्ञता रखनेवाले एक प्रतिष्ठित वकील के रूप में पेश करते हुए नटवरलाल ने समुदाय के भीतर एक विश्वसनीय सलाहकार के रूप में खुद को स्थापित किया। उसने सावधानीपूर्वक अपने पीड़ितों का चयन

किया और उन लोगों को निशाना बनाया, जो हताश थे तथा अपनी भूमि को पुनः प्राप्त करने के लिए किसी भी हद तक जाने को तैयार थे।

नटवरलाल की पद्धति में अपने पीड़ितों को उनके विवादों के त्वरित और अनुकूल समाधान का वादा करके उनकी कमजोरियों का फायदा उठाना शामिल था। उसने कानूनी शब्द-जाल का प्रयोग करते हुए और अपने दावों का समर्थन करने के लिए काल्पनिक कानूनी मिसालों का हवाला देते हुए अधिकार का मुखौटा बनाया। उसकी सहज बातचीत और आत्मविश्वास ने उसके पीड़ितों को आश्वस्त किया कि उसके पास उनके भूमि अधिकारों को अनलॉक करने की कुंजी है।

अपनी सेवाओं के बदले में नटवरलाल ने बड़ी रकम की माँग की और अपने पीड़ितों को आश्वस्त किया कि यह धनराशि कानूनी प्रक्रियाओं को सुविधाजनक बनाने के लिए आवश्यक थी। जैसे-जैसे पैसा बढ़ता गया, नटवरलाल ने धन व शक्ति अर्जित की और समुदाय के भीतर उसका प्रभाव बढ़ता गया।

लेकिन नटवरलाल ने जो वादे किए थे, वे छलावे से ज्यादा कुछ नहीं थे। उसने अपने ग्राहकों के लिए जमीन के जो मालिकाना हक सुरक्षित करने की बात कही थी, वे उसकी कल्पना की उपज भर थे; जाली दस्तावेज थे, जिनका कोई कानूनी महत्त्व नहीं था। उसके पीड़ितों ने हताशा और आशा की एक किरण से अंधे होकर, सतह के नीचे छिपे धोखे से अनजान होकर, उसे अपनी मेहनत की कमाई सौंप दीं।

इस पहले दंश में नटवरलाल की सफलता उसके करिश्मे और हेर-फेर करने की क्षमता का प्रमाण थी। उसने अपने लाभ के लिए पीड़ितों के विश्वास और हताशा का लाभ उठाते हुए कानूनी प्रणाली की जटिलताओं का सावधानीपूर्वक समाधान किया। इस दौरान उसने जो अपार धन अर्जित किया, उसने उसके भविष्य के कारनामों की नींव रखी।

नटवरलाल की योजनाओं की खबरें फैलने लगीं और उसके धोखे की फुसफुसाहट कानून प्रवर्तन एजेंसियों के कानों तक पहुँच गई। अधिकारियों को अपने अधिकार-क्षेत्र के भीतर काम करनेवाले करिश्माई ठग के बारे में

अधिक-से-अधिक जानकारी होने लगी और वे उसे न्याय के कठघरे में लाने के लिए कृतसंकल्प हो गए। हालाँकि, नटवरलाल को पकड़ना एक कठिन काम साबित हुआ, क्योंकि वह लगातार उनकी पकड़ से बचता रहा और पहचान से बचने के लिए भेस और झूठी पहचान का सहारा लेता रहा।

नटवरलाल के पहले दंश ने उस कार्य-प्रणाली को स्थापित किया, जो उसके आपराधिक कॅरियर को परिभाषित करेगी—अपने पीड़ितों की कमजोरियों का फायदा उठाने के लिए हेर-फेर, धोखे और झूठे वादों का प्रयोग करना। इस शुरुआती धोखाधड़ी की सफलता ने उसकी क्षमताओं में उसके विश्वास को और मजबूत कर दिया तथा धन एवं शक्ति के लिए उसकी अतृप्त भूख को और बढ़ा दिया।

दुनिया को कम ही पता था कि नटवरलाल का पहला डंक तो बस, शुरुआत थी। यह एक आपराधिक प्रतिभा के दिमाग की एक झलक भर थी, आगे आनेवाली दुःसाहसी साजिशों और विस्तृत धोखे का पूर्वावलोकन था। नटवरलाल ने सफलता का स्वाद चख लिया था तथा उसकी भूख और बढ़ गई थी। अब वह एक ऐसी यात्रा पर निकलने के लिए तैयार था, जो आपराधिक कथा के इतिहास में उसका नाम हमेशा के लिए दर्ज कर देगी।

खेल में महारत हासिल करना

कुख्यात ठग नटवरलाल उर्फ मिथिलेश कुमार श्रीवास्तव अपने काम में माहिर था। जटिल तकनीकों, चतुराईपूर्ण रणनीतियों एवं अद्वितीय कौशल ने नटवरलाल को धोखे के खेल में महारत हासिल करने और धोखाधड़ी की दुनिया में सबसे प्रसिद्ध शख्सियतों में से एक बनने की अनुमति दी।

एक ठग के रूप में नटवरलाल की सफलता केवल भाग्य या संयोग का परिणाम नहीं थी। यह उसकी सूक्ष्म योजना और मानव मनोविज्ञान की गहरी समझ का प्रमाण थी। उसने वर्षों के अनुभव से अपने कौशल को निखारा था और अपने पीड़ितों एवं अधिकारियों से एक कदम आगे रहने के लिए अपनी तकनीकों को लगातार परिष्कृत किया था।

नटवरलाल की प्रमुख शक्तियों में से एक लोगों को पढ़ने की उसकी क्षमता थी। उसमें अवलोकन की गहरी समझ थी, जिससे उसे अपने लक्ष्य की इच्छाओं, भय और कमजोरियों को समझने की अनुमति मिलती थी। इस अंतर्दृष्टि ने उसे प्रत्येक व्यक्ति के लिए अपनी राय तैयार करने, विश्वास की भावना पैदा करने और अपने लाभ के लिए उनकी भावनाओं में हेर-फेर करने की अनुमति दी।

नटवरलाल एक माहिर कहानीकार था। उसके पास एक मीठी जबान थी, जो जटिल कथाओं को घुमा सकती थी, अपने दर्शकों को मोहित कर सकती थी और उन्हें अपने धोखे के जाल में खींच सकती थी। सम्मोहक कहानियाँ गढ़ने की उसकी क्षमता, प्रशंसनीय लगने के लिए पर्याप्त सच्चाई से भरपूर, उसके पीड़ितों के लिए उसके इरादों पर सवाल उठाना मुश्किल बना देती थी। वह जानता था कि भावनाओं में हेर-फेर कैसे किया जाता है; वांछित प्रतिक्रियाएँ प्राप्त करने के लिए लालच, आशा और भय का सहारा लिया जाता है।

नटवरलाल की सोच में समय एक महत्त्वपूर्ण तत्त्व था। वह समझता था कि कब हमला करना है—ऐसे उपयुक्त क्षणों को चुनना, जब उसके पीड़ित सबसे अधिक असुरक्षित हों। चाहे वह वित्तीय संकट का लाभ उठाना हो, भावनात्मक उथल-पुथल का लाभ उठाना हो या अधूरी इच्छाओं वाले व्यक्तियों को निशाना बनाना हो, नटवरलाल की त्रुटिहीन समयबद्धता ने सुनिश्चित किया कि उसके विरोधियों के पास सफलता की उच्चतम संभावना है।

भेस बदलने में माहिर नटवरलाल अपनी उपस्थिति, आवाज और आचरण को बदल सकता था। भीड़ में गायब हो जाने या किसी विश्वसनीय प्राधिकारी व्यक्ति की आड़ लेने की उसकी क्षमता ने उसके पीड़ितों, और यहाँ तक कि कानून के लिए भी, उसे पहचानना चुनौतीपूर्ण बना दिया था। भेस बदलना उसके शस्त्रागार में एक शक्तिशाली उपकरण था, जो उसे अज्ञात रहने और अपनी आपराधिक गतिविधियों को दंड से मुक्ति के साथ जारी रखने की अनुमति देता था।

गुमराह करने की कला ने नटवरलाल की साजिश में महत्त्वपूर्ण भूमिका निभाई। उसके पास ध्यान भटकाने की अद्भुत क्षमता थी। वह परदे के पीछे अपनी कपटपूर्ण चालों को अंजाम देते हुए अपने पीड़ितों को एक पहलू पर केंद्रित रखता था। चाहे वह हाथ की सफाई हो, चतुराईपूर्ण शब्दों का खेल या विस्तृत ध्यान भटकानेवाली रचना के माध्यम से हो, नटवरलाल ने कुशलतापूर्वक अपने आसपास के लोगों की धारणाओं में हेर-फेर किया।

विवरण पर नटवरलाल का ध्यान अद्वितीय था। उसने अपने लक्ष्यों पर सावधानीपूर्वक शोध किया; ऐसी जानकारी एकत्र की, जिससे उसे उनके कार्यों का अनुमान लगाने और उनकी विशिष्ट परिस्थितियों के अनुसार अपने विपक्ष को तैयार करने की अनुमति मिली। उनकी व्यक्तिगत प्राथमिकताओं से लेकर उनके वित्तीय इतिहास तक नटवरलाल ने कोई कसर नहीं छोड़ी, यह सुनिश्चित करते हुए कि उसके पीड़ितों की कमजोरियों का फायदा उठाने के लिए उनके साथ धोखाधड़ी के हर पहलू का अच्छी तरह से शोधन किया गया था।

विश्वसनीयता का दिखावा बनाए रखने की क्षमता नटवरलाल की महारत की एक और पहचान थी। उसने सफलता और परिष्कार की छवि बनाई। वह अकसर खुद को एक अमीर व्यापारी या प्रभावशाली व्यक्ति के रूप में प्रस्तुत करता था। इस चित्रण ने उसे अपने पीड़ितों का विश्वास हासिल करने की अनुमति दी, जो उसे एक दयालु आत्मा या एक मूल्यवान् संबंध के रूप में देखते थे। उसके द्वारा प्रदर्शित विश्वसनीयता की आभा ने उसे सामाजिक दायरे में रचने-बसने और दूसरे पक्ष को आसानी से अनुकूल करने में मदद की।

खेल में नटवरलाल की महारत उसकी अनुकूलनशीलता से और भी बढ़ गई थी। उसमें बदलती परिस्थितियों के आधार पर अपनी रणनीतियों को मोड़ने और समायोजित करने की अद्भुत क्षमता थी। चाहे वह अपना ध्यान विभिन्न प्रकार की गलतियों पर केंद्रित करना हो, धोखे के लिए नए रास्ते तलाशना हो या कानून प्रवर्तन से आगे रहने के लिए नए तरीके

अपनाना हो, वह अपनी अनुकूलनशीलता और संसाधनशीलता के माध्यम से एक कदम आगे रहा।

लेकिन जैसे-जैसे नटवरलाल ने धोखे के खेल में महारत हासिल की, उसे अपने कार्यों के परिणामों से भी जूझना पड़ा। उसने झूठ का जो जाल बुना, वह टूटी जिंदगियों और टूटे भरोसे का निशान छोड़ गया। क्षणभंगुर सफलताएँ और अनुचित लाभ कभी भी उसके आपराधिक कारनामों की नैतिक कीमत की भरपाई नहीं कर सकते।

एक मास्टर ठग के रूप में नटवरलाल की यात्रा ने उसके शिल्प की पेचीदगियों और जटिलताओं को प्रदर्शित किया। उसने जिन तकनीकों एवं मनोविज्ञान का उपयोग किया और जो जोखिम उसने उठाए, उसने उसे दूसरे पक्ष की दुनिया में एक दुर्जेय व्यक्ति के रूप में स्थापित कर दिया। मानव मस्तिष्क में हेर-फेर करने और विस्तृत योजनाओं को व्यवस्थित करने की उसकी क्षमता ने इतिहास में सबसे महान् ठगों में से एक के रूप में उसकी प्रतिष्ठा को मजबूत किया।

□

6

कानून को चकमा देना

नटवरलाल, मायावी ठग, के पास पकड़ से बचने की अद्भुत क्षमता थी, जिससे वह कानून प्रवर्तन एजेंसियों के लिए एक काँटा बन गया। प्रत्येक सफल धोखाधड़ी के साथ नटवरलाल की कुख्याति बढ़ती गई, जिससे पुलिस और केंद्रीय जाँच ब्यूरो (सी.बी.आई.) का ध्यान उसकी ओर आकर्षित हुआ। अधिकारी उस मायावी ठग को न्याय के कठघरे में लाने के लिए प्रतिबद्ध थे। लेकिन नटवरलाल एक दुर्जेय प्रतिद्वंद्वी साबित हुआ और बार-बार उनकी पकड़ से बाहर हो गया।

नटवरलाल की सबसे बड़ी दक्षता भेस बदलने में उसकी महारत थी। उसने नई पहचान अपनाते हुए सहजता से अपना रूप बदल लिया, जिससे कानून प्रवर्तन के लिए उसका पता लगाना मुश्किल हो गया। अपनी उपस्थिति को बदलने की उसकी क्षमता सावधानीपूर्वक उसकी योजना के साथ मिलकर उसे अलग-अलग वातावरणों में सहजता से घुलने-मिलने की अनुमति देती थी, जिससे उसकी वास्तविक पहचान का कोई निशान नहीं रह जाता था।

नटवरलाल ने पकड़े जाने से बचने के लिए विभिन्न तकनीकों का इस्तेमाल किया—जैसा कि पहले बताया गया है, जिनमें से एक झूठी पहचान का इस्तेमाल था। उसने सुरक्षित घरों और जाली दस्तावेजों का एक व्यापक नेटवर्क बनाए रखा, जिससे जरूरत पड़ने पर वह नए व्यक्तित्व धारण कर

सके। खुद को लगातार नया रूप देकर वह अपनी गतिविधियों पर नजर रखने के अधिकारियों के प्रयासों से प्रभावी ढंग से बच गया।

भेस बदलने और झूठी पहचान के अलावा नटवरलाल ने कई तरह की चोरी की रणनीति अपनाई। वह मुखबिरों के एक नेटवर्क का उपयोग करता था, जो उसे आसन्न छापे या गिरफ्तारी के बारे में बता देते थे, जिससे उसे गायब होने और एक नई पहचान प्राप्त करने के लिए पर्याप्त समय मिल जाता था। यह सूचना नेटवर्क उसके आपराधिक सहयोगियों से आगे बढ़कर कानून प्रवर्तन के स्तर तक पहुँच गया, जिससे शिकारी तथा शिकार के बीच की रेखाएँ और धुँधली हो गईं।

नटवरलाल के भागने के पीछे अकसर धोखे के दुःसाहसिक कृत्य भी शामिल होते थे। वह पीछा करनेवाले अधिकारियों को भ्रमित करने के लिए गलत दिशा और हाथ की चालाकी का इस्तेमाल करता था, जिससे वे पीछा करने पर मजबूर हो जाते थे; जबकि वह बिना पहचाने ही भाग जाता था। उसकी त्वरित सोच और एक कदम आगे रहने की क्षमता ने यह सुनिश्चित किया कि पुलिस को निराशा में अपना सिर खुजलाना पड़ता।

पुलिस के साथ एक विशेष रूप से यादगार मुठभेड़ के दौरान नटवरलाल ने खुद को उसके पीछे सक्रिय अधिकारियों की एक टीम से घिरा हुआ पाया। भागने की कोई जगह न होने पर उसने धोखे का दुःसाहसपूर्ण कार्य किया। धुआँ बम और हाथ की सफाई में अपने कौशल का प्रयोग करते हुए वह हवा में गायब हो गया, जिससे अधिकारी स्तब्ध रह गए और उसकी जादूगर जैसी हरकत को समझने में असमर्थ हो गए, जो अभी उनकी आँखों के सामने हुई थी।

कानूनी प्रणाली में हेर-फेर करने की नटवरलाल की क्षमता ने भी न्याय से बचने में महत्त्वपूर्ण भूमिका निभाई। उसने खामियों का फायदा उठाया, कानूनी काररवाई को लंबा खींचा और अपने फायदे के लिए देरी तथा स्थगन का सहारा लिया। कानूनी प्रणाली की पेचीदगियों के बारे में उसकी समझ ने उसे अदालती काररवाई में हेर-फेर करने, अधिकारियों को

और अधिक निराश करने तथा खुद के लिए मूल्यवान् समय खरीदने की अनुमति दी।

महाठग के दु:साहस और करिश्मे ने अकसर उसे जनता की सहानुभूति दिलाई, जिससे कानून प्रवर्तन का कार्य और भी जटिल हो गया। लोग अधिकारियों को चकमा देने की उसकी क्षमता से मंत्रमुग्ध थे और उसे एक कठोर अपराधी के बजाय एक चालाक चालबाज के रूप में देखते थे। इस सार्वजनिक सहानुभूति ने उसे संभावित मुखबिरों से बचाया और उसे उस स्तर की सुरक्षा प्रदान की, जो अन्य अपराधियों को हासिल नहीं थी।

हालाँकि, नटवरलाल का उल्लेखनीय पलायन परिणाम-रहित नहीं था। प्रत्येक चोरी ने उसे पुलिस की सर्वाधिक वांछित सूची के शीर्ष के करीब ला दिया, जिससे उसे पकड़ने के उनके प्रयास तेज हो गए। अधिकारियों ने नई रणनीतियों को लागू किया और मायावी ठग की खोज में उन्नत तकनीक का उपयोग किया तथा उसके धोखे के शासन को समाप्त करने के लिए दृढ़ संकल्पित किया।

उनके सर्वोत्तम प्रयासों के बावजूद नटवरलाल पकड़ से बचता रहा। उसका भागना किंवदंती बन गया, जिसने रहस्यमय अपराधी के मिथक को कायम रखा। मीडिया ने उसके हर कदम पर नजर रखी, उसके कारनामों को लिपिबद्ध किया और उसके नाम के इर्द-गिर्द अफवाहें बढ़ाईं।

कानून को चकमा देने की नटवरलाल की क्षमता उसकी चालाकी, बुद्धिमत्ता और सावधानीपूर्वक योजना का प्रमाण थी। प्रत्येक पलायन ने इतिहास के सबसे मायावी अपराधियों में से एक के रूप में उसकी प्रतिष्ठा को और मजबूत किया। जैसे ही अधिकारियों ने उसे पकड़ लिया, चूहे-बिल्ली का खेल अपने चरम पर पहुँच गया और नटवरलाल उर्फ मिथिलेश कुमार श्रीवास्तव की गाथा में अंतिम अभिनय के लिए मंच तैयार हो गया।

□

7

आकर्षण और जोड़-तोड़

नटवरलाल, मास्टर ठग, के पास आकर्षण और चालाकी चतुराईपूर्ण कौशल का एक अनूठा मिश्रण था, जिसने उसे दुःसाहसी साजिश रचने और अपने पीड़ितों की कमजोरियों का फायदा उठाने की अनुमति दी। नटवरलाल में जीवन के सभी क्षेत्रों के लोगों को आकर्षित करने की जन्मजात क्षमता थी। अपनी करिश्माई उपस्थिति के साथ उसने आत्मविश्वास एवं परिष्कार की भावना व्यक्त की, जिसने दूसरों को उसकी ओर उसी तरह आकर्षित किया, जैसे पतंगे लौ की ओर आकर्षित होते हैं। उसके पास एक चुंबकीय व्यक्तित्व था, जिसका इस्तेमाल उसने अपने आपराधिक प्रयासों में अपने लाभ के लिए किया।

नटवरलाल के सबसे शक्तिशाली हथियारों में से एक उसकी चाँदी की जीभ थी। जटिल कहानियों को गढ़ने और अपने दर्शकों को मंत्रमुग्ध करने की क्षमता उसे दैवीय उपहार के रूप में प्राप्त थी। वह सबसे अधिक संदेह करनेवाले व्यक्तियों को भी अपनी मनगढ़ंत कहानियों पर विश्वास करने के लिए तैयार कर सकता था, अपने हितों के अनुरूप उनकी भावनाओं व इच्छाओं में हेर-फेर कर सकता था।

उसके करिश्माई आचरण के चलते लोग आसानी से उस पर विश्वास कर लेते थे, जो उसकी सहमति का एक अनिवार्य घटक था। पीड़ित स्वयं को उसकी ओर आकर्षित पाते थे। उसके आकर्षण और स्पष्ट ईमानदारी से

उनकी सतर्कता कम हो जाती थी। नटवरलाल समझ गया कि अपने पीड़ितों का विश्वास हासिल करना उसकी योजनाओं की सफलता के लिए महत्त्वपूर्ण है और उसने उन्हें निहत्था करने तथा वश में करने के लिए अपने करिश्मे का इस्तेमाल किया।

नटवरलाल की जोड़-तोड़ की तकनीकें उसके आकर्षण से कहीं आगे तक फैली हुई थीं। उसमें लोगों को पढ़ने, उनकी कमजोरियों को पहचानने और अपने फायदे के लिए उनका इस्तेमाल करने की अद्भुत क्षमता थी। वह अपने लक्ष्यों का सावधानीपूर्वक अध्ययन करता और उनके व्यवहार, आकांक्षाओं एवं असुरक्षाओं का अवलोकन करता। इस ज्ञान से लैस होकर वह उनकी कमजोरियों पर सीधे अपील करने के लिए अपनी रणनीति तैयार करता।

सहानुभूति नटवरलाल के शस्त्रागार में एक और उपकरण था। उसके पास अपने पीड़ितों की इच्छाओं एवं जरूरतों को समझने की उल्लेखनीय क्षमता थी और इस अंतर्दृष्टि का प्रयोग करके वह उनकी भावनाओं में हेर-फेर करता था। उनकी आशाओं व सपनों के लिए अपील करके वह उनकी कमजोरियों का फायदा उठा सकता था और उन्हें उन तरीकों से कार्य करने के लिए राजी कर सकता था, जो अंततः उसके अपने हितों की पूर्ति करते थे।

नटवरलाल जोड़-तोड़ करने की क्षमता का इस तरह से उपयोग करता था कि व्यक्ति अपने पैसे छोड़ने के लिए मान जाते थे। चापलूसी, झूठे वादों और सावधानीपूर्वक निर्मित आख्यानों के संयोजन के माध्यम से उसने अपने पीड़ितों को अपनी योजनाओं में पर्याप्त रकम निवेश करने के लिए राजी किया। उसने असाधारण रिटर्न और विलासितापूर्ण जीवन का वादा करके उनको लालच का शिकार बनाया। इसे अकसर वित्तीय सुरक्षा या सामाजिक स्थिति के लिए उनकी इच्छाओं को भुनाने के लिए भावनात्मक हेर-फेर के साथ जोड़ा जाता था।

अपनी चालाकी को और बढ़ाने के लिए नटवरलाल अपने आप को ऐसे व्यक्तियों के जाल से घेर लेता था, जो उसकी साजिश में विशिष्ट

भूमिका निभाते थे। वे सहयोगी खुद को विश्वसनीय सहयोगी के रूप में प्रस्तुत करते थे, उसकी योजनाओं में विश्वसनीयता जोड़ते थे और सफलता के भ्रम को मजबूत करते थे। अच्छी तरह से स्थापित पात्रों के संयोजन ने उसको धोखे के जटिल जाल बुनने में सक्षम बनाया, जिससे उसके शिकार फँस गए।

नटवरलाल की चालाकी व्यक्तियों के साथ उसकी सीधी बातचीत से कहीं आगे तक फैली हुई थी। उसने धारणा की शक्ति को समझा और मीडिया का उपयोग अपने लाभ के लिए किया। सावधानी से गढ़ी गई कहानियों के माध्यम से उसने अपनी छवि एक आकर्षक दुष्ट-रॉबिनहुड जैसे गुणोंवाले एक चालाक चालबाज के रूप में बनाई। मीडिया में उसके इस चित्रण ने जनता की सहानुभूति बटोरी, उसे संभावित मुखबिरों से बचाया और उस स्तर की सुरक्षा प्रदान की, जो अन्य अपराधियों से दूर थी।

हालाँकि, नटवरलाल अपने करिश्माई मुखौटे के पीछे व्यक्तिगत लाभ से प्रेरित था। उसकी साजिशों की सावधानीपूर्वक योजना बनाई गई थी, ताकि उसे और केवल उसे ही लाभ हो। उसने जो कहानियाँ गढ़ीं और जिन भावनाओं से उसने छेड़छाड़ की, वे धन और शक्ति की उसकी खोज में उपकरण थे। उसका आकर्षण एक मुखौटा था, जो एक क्रूर आपराधिक मास्टरमाइंड को छुपाता था।

नटवरलाल के आकर्षण, जोड़-तोड़ के कौशल और सोची-समझी योजना के संयोजन ने उसे अद्वितीय दुःसाहस की साजिश रचने की अनुमति दी। उसने अपने पीड़ितों की आशाओं व सपनों के साथ खिलवाड़ किया, धोखे का जाल बुना और उन्हें अपनी जटिल योजनाओं में फँसा लिया। अपनी चाँदी की जीभ से व्यक्तियों को अपनी इच्छा के अनुसार झुकाने की उसकी क्षमता ने यह सुनिश्चित किया कि इतिहास में सबसे कुख्यात ठगों में से एक के रूप में उसका शासन बेरोक-टोक जारी रहेगा।

जैसे-जैसे जनता उसके कारनामों से आश्चर्यचकित होती गई और अधिकारियों की निराशा बढ़ती गई, उसका आकर्षण एवं चालाकी नई

ऊँचाइयों पर पहुँच गई। लेकिन उसे इसकी जानकारी नहीं थी कि सावधानी से बनाई गई दुनिया अब उजागर होने के कगार पर थी और नटवरलाल उर्फ मिथिलेश कुमार श्रीवास्तव की गाथा का अंतिम कृत्य सामने आने वाला था।

□

8

अतीत की छाया

नटवरलाल हमेशा कानून के दायरे में रहता था और जीवन में साहस एवं आकर्षण के साथ काम करता था। लेकिन जब उसने अपनी विस्तृत साजिश को अंजाम दिया, तब भी उसके अतीत की परछाइयाँ उस पर मँडरा रही थीं, जो सच्चाई को उजागर करने और सावधानी से बनाई गई उसकी दुनिया को उजागर करने की धमकी दे रही थीं। जैसे-जैसे नटवरलाल ने अपने आपराधिक कारनामे जारी रखे, उसके धोखे का बोझ और उसके कार्यों के परिणामों पर असर पड़ने लगा। जबकि वह अपने द्वारा अर्जित धन व शक्ति पर आनंदित था, उसकी आत्मा में खालीपन की एक पीड़ादायी भावना थी। उसने झूठ का साम्राज्य खड़ा कर लिया था और उसके अतीत की परछाइयाँ उसके अस्तित्व के हर कोने में छा गईं।

बँगरा जैसे साधारण गाँव में नटवरलाल का बचपन उसकी यादों में बसा हुआ है। उसके माता-पिता ने जो संघर्ष झेले, जो बलिदान दिए और जो ईमानदार जीवन उन्होंने उसे प्रदान करने की कोशिश की, उससे उसकी अंतरात्मा पर भारी असर पड़ा। उसके पालन-पोषण और अब उसके द्वारा जिए जा रहे धोखे के जीवन के बीच विरोधाभास ने उसे अपराध-बोध और अधिक की अतृप्त प्यास के बीच फँसा दिया।

नटवरलाल के सपनों में अपने पीड़ितों के सपने, उनका भरोसा टूटना और जिंदगियों में उथल-पुथल मचना सताता रहता था। विश्वासघात और

अविश्वास के मिश्रण से उकेरे हुए उनके चेहरे उसे उस कहर की याद दिलाते थे, जो उसने बरपाया था। इस अहसास ने, कि उसके कार्यों के दूरगामी परिणाम होंगे, उसे खत्म कर दिया। उसकी सफलताओं पर छाया पड़ गई और उसे पश्चात्ताप की भावना के साथ छोड़ दिया गया।

नटवरलाल की धन और शक्ति की खोज हमेशा खुद को साबित करने की इच्छा से प्रेरित थी—अपनी विनम्र उत्पत्ति से ऊपर उठने और उसके दिमाग में गूँजने वाली अपर्याप्तता की फुसफुसाहट को शांत करने की। लेकिन जब वह अपने गलत तरीके से कमाए गए लाभ का आनंद उठाता था, तब भी अपर्याप्तता की भावना बनी रहती थी, जो उस खालीपन की लगातार याद दिलाती थी, जिसे कोई भी धन-संपत्ति नहीं भर सकती थी।

आकर्षण और आत्मविश्वास के मुखौटे के पीछे नटवरलाल अपनी कमजोरियों से जूझ रहा था। बेनकाब होने का, उसकी असली प्रकृति उजागर होने का डर उसके मन के सबसे अँधेरे कोने में छिपा हुआ था। वह अच्छी तरह से जानता था कि अगर अधिकारियों ने उसे पकड़ लिया तो उसके क्या परिणाम होंगे—समाज के फैसले का सामना करना और उन राक्षसों का सामना करना, जिन्हें उसने लंबे समय से दबाए रखा था।

अपने अतीत की परछाइयों के बीच नटवरलाल के रिश्तों पर असर पड़ा। धोखे की कला, जिसने उसे धन व शक्ति प्रदान की थी, ने उसे वास्तविक संबंधों से भी अलग कर दिया था। उसने अपने आप को साथियों और सहयोगियों से घेर लिया था; लेकिन उनके बीच जो संबंध थे, वे उथले थे और पारस्परिक लाभ पर बने थे। अकेलापन उसके अस्तित्व में व्याप्त था, जो उसके आपराधिक कार्यों के लिए किए गए बलिदानों की याद दिलाता था।

नटवरलाल की चोरी और गुमनामी की खोज ने उसके मानसिक व शारीरिक स्वास्थ्य पर भारी असर डाला। सतर्कता की निरंतर आवश्यकता—वह व्यामोह, जो एक लबादे की तरह उसके साथ चिपका हुआ था—ने उसे कमजोर कर दिया। उसकी पिछली गलतियों का बोझ भारी हो गया और सच्चाई व कल्पना के बीच की सीमाएँ धुँधली हो गईं। नटवरलाल

के व्यक्तित्व और उसके नीचे के व्यक्ति के बीच की रेखा को पहचानना कठिन होता गया।

लेकिन इन परछाइयों के बीच नटवरलाल के अंदर इनसानियत की झलक भी दिखी। वहाँ धोखे की परतों के नीचे दबी हुई प्यार, स्वीकृति और अपनेपन के लिए तरस रहे एक युवा लड़के की गूँज है। उसके द्वारा बनाई गई मायावी दुनिया से परे संबंध बनाने की लालसा उसकी चेतना में घर कर गई, जिसने उसे अपने अतीत का सामना करने और मुक्ति पाने के लिए प्रेरित किया।

जैसे-जैसे नटवरलाल की बदनामी बढ़ती गई, उसके पीछे की परछाइयाँ और भी गहरी तथा अशुभ होती गईं। कानून प्रवर्तन एजेंसियाँ, उसे पकड़ने के अपने दृढ़ संकल्प से प्रेरित होकर, उसकी तलाश में जुट गईं। जिन सुर्खियों ने कभी उसे एक करिश्माई दुष्ट के रूप में पेश किया था, अब उसके असली स्वभाव, लालच और धोखे से प्रेरित व्यक्ति को उजागर करने की धमकी दी गई।

अतीत की परछाइयों ने नटवरलाल के वर्तमान पर अपनी लंबी पहुँच बनाई, जो असुरक्षा और पश्चात्ताप की झलक पेश करती थी। उसके कार्यों का बोझ और उसकी पसंद के परिणाम बड़े पैमाने पर मँडरा रहे थे, जिससे सावधानी से बनाई गई उसकी दुनिया के ढहने का खतरा पैदा हो गया था। वह उन छायाओं का सामना कैसे करेगा? और क्या मुक्ति या प्रतिशोध उसका इंतजार कर रहा है, यह देखना अभी बाकी था।

□

9

दो पहचानों का अंतर्द्वंद्व

नटवरलाल उर्फ मिथिलेश कुमार श्रीवास्तव, रहस्यमय ठग, द्वंद्व का जीवन जीता था—दो ऐसी पहचानों को जोड़ते हुए, जो बहुत अलग लगती थीं।

करिश्माई मास्टरमाइंड नटवरलाल दुःसाहस और धोखे का प्रतीक था। अपने आकर्षक व्यक्तित्व और जोड़-तोड़ के कौशल के साथ उसने जटिल साजिश रची और अपने पीछे पीड़ितों का एक लंबा निशान छोड़ दिया। लेकिन नटवरलाल के मुखौटे के नीचे मिथिलेश कुमार श्रीवास्तव, एक सरकारी क्लर्क का विनम्र बेटा, अपने पालन-पोषण के दौरान अपने द्वारा चुने गए मूल्यों के साथ सामंजस्य बिठाने के लिए संघर्ष करता रहा।

मिथिलेश कुमार श्रीवास्तव अपने माता-पिता की कठिनाइयों, उनके ईमानदार जीवन और संयमित जीवन जीने को देखते हुए बड़ा हुआ था। लेकिन जैसे-जैसे उसने नटवरलाल के रूप में अपनी यात्रा शुरू की, धन व शक्ति के आकर्षण का विरोध करना कठिन होता गया। उसके अतीत और वर्तमान के बीच तीव्र विरोधाभास ने एक आंतरिक संघर्ष पैदा कर दिया। जिसने उसे परेशान कर दिया—वह लड़का, जो वह एक समय था और वह जो आदमी बन गया था, के बीच एक लड़ाई।

नटवरलाल को अपनी आपराधिक सफलता का आनंद मिलता था—आलीशान घर, महँगी कारें और उसके इशारे पर सहयोगियों का एक नेटवर्क।

वह उन लोगों की प्रशंसा का आनंद उठाता था, जो उसे एक करिश्माई दुष्ट, एक चालाक चालबाज के रूप में देखते थे, जो हर मोड़ पर अधिकारियों को चकमा देता था। लेकिन अंदर-ही-अंदर मिथिलेश कुमार श्रीवास्तव कुछ और पाने के लिए उत्सुक था—उद्देश्य और पूर्ति की भावना, जो उसके द्वारा बनाई गई धोखे की दुनिया में उससे दूर थी।

नटवरलाल और मिथिलेश कुमार श्रीवास्तव की दोहरी पहचान नैतिकता एवं विवेक के चौराहे पर थी। जहाँ नटवरलाल को ठगी के रोमांच और उससे प्राप्त भौतिक संपदा का आनंद मिला, वहीं मिथिलेश को अपने कार्यों का बोझ झेलना पड़ा—अपने पीड़ितों की बिखरी जिंदगियों और टूटे भरोसे का। दोनों के बीच के द्वंद्व ने आंतरिक संघर्ष को बढ़ावा दिया, आपराधिक दुनिया के आकर्षण और मुक्ति की तीव्र इच्छा के बीच लड़ाई।

जैसे-जैसे नटवरलाल के आपराधिक कारनामे बढ़ते गए, वैसे-वैसे उसके कार्यों के परिणाम भी बढ़ते गए। उसके धोखे के शासन को समाप्त करने के लिए दृढ़ संकल्पित होकर अधिकारियों ने उसे घेर लिया। बढ़ते दबाव ने मिथिलेश कुमार श्रीवास्तव को अपने द्वारा चुने गए विकल्पों और उनके दूसरों के जीवन पर पड़ने वाले प्रभाव का सामना करने के लिए प्रेरित किया।

अपनी अंतरात्मा की गहराई में मिथिलेश नटवरलाल के व्यक्तित्व को त्यागने, अपनी वास्तविक पहचान को पुनः प्राप्त करने और मुक्ति पाने की इच्छा रखता था। सत्यनिष्ठा एवं ईमानदारी से जीने का आकर्षण और मजबूत हो गया, जो उसे उस रोशनी की ओर खींच रहा था, जो उसके आपराधिक अतीत की छाया से परे थी।

पहचान का टकराव अपने चरम पर पहुँच गया, क्योंकि नटवरलाल ने खुद को कानून प्रवर्तन एजेंसियों द्वारा घिरा पाया। इस अहसास ने, कि उसका दोहरा अस्तित्व सुलझ रहा है, मिथिलेश कुमार श्रीवास्तव को एक निर्णय लेने के लिए प्रेरित किया, जो उनके जीवन की दिशा निर्धारित करेगा और उनकी विरासत को परिभाषित करेगा।

हिसाब-किताब के एक क्षण में मिथिलेश कुमार श्रीवास्तव ने एक ऐसा विकल्प चुना, जो उसके अस्तित्व की दिशा को हमेशा के लिए बदल देगा। उसने स्वेच्छा से नटवरलाल की छाया से बाहर निकलकर सच्चाई की रोशनी में कदम रखते हुए अधिकारियों के सामने आत्मसमर्पण कर दिया। वह व्यक्ति, जो दशकों तक पुलिस की पकड़ से बचता रहा था, अब उसे अपने कार्यों के परिणामों का सामना करना पड़ रहा था। वह पूरी तरह से जानता था कि उसने जिन जिंदगियों को नष्ट कर दिया था और जिस विश्वास के साथ उसने विश्वासघात किया था, वैसे ही मिथिलेश कुमार श्रीवास्तव को कानूनी काररवाई का सामना करना पड़ा। उसके अस्तित्व का द्वंद्व उसे परेशान करता रहा। दो पहचानें—नटवरलाल और मिथिलेश कुमार श्रीवास्तव—हमेशा एक-दूसरे से जुड़ी रहीं। प्रत्येक उसके अस्तित्व के एक अलग पहलू का प्रतिबिंब था। करिश्माई ठग और पछतावा करनेवाला बेटा उसके भीतर एक साथ मौजूद थे और एक जटिल विरासत छोड़ गए, जिसने आसान वर्गीकरण को चुनौती दी।

दो पहचानों—नटवरलाल और मिथिलेश कुमार श्रीवास्तव—की कहानी मानव अस्तित्व की जटिल प्रकृति का उदाहरण देती है—महत्त्वाकांक्षा और नैतिकता, छल और सच्चाई के बीच का परस्पर संबंध। नटवरलाल के दुःसाहस और आकर्षण ने दुनिया को सम्मोहित कर लिया था, जबकि मिथिलेश कुमार श्रीवास्तव के पश्चात्ताप और मुक्ति की लालसा ने उसकी अंतरात्मा की गहराइयों में एक झलक पेश की थी।

□

10

मिथिलेश कुमार श्रीवास्तव का पर्दाफाश

वर्षों के मायावी कारनामों और दु:साहसिक षड्यंत्रों के बाद उस किंवदंती के पीछे के व्यक्ति मिथिलेश कुमार श्रीवास्तव का पर्दाफाश करने का समय आ गया था।

जैसे ही मिथिलेश कुमार श्रीवास्तव कठघरे में खड़ा हुआ, सभी की निगाहें उस पर टिक गईं। मीडिया, जनता और उसके द्वारा छोड़े गए पीड़ित उस आदमी के सामने आने का बेसब्री से इंतजार कर रहे थे, जिसने 'नटवरलाल' के उपनाम से काम किया था—वह महान् ठग, जिसका नाम दु:साहस और धोखे का पर्याय बन गया था।

कारवाई से नटवरलाल द्वारा अपने पीड़ितों की कमजोरियों का सावधानीपूर्वक फायदा उठाने और धोखे के माध्यम से धन इकट्ठा करने के जटिल जाल को उजागर किया गया। प्रस्तुत किए गए सबूतों से उसके आपराधिक कार्यों के विस्तार का पता चला, जिससे उपस्थित लोगों को उसके धोखे के सरासर दु:साहस और पैमाने पर अविश्वास हुआ।

लेकिन जैसे-जैसे नटवरलाल के गुनाहों की परतें खुलीं, एक अलग ही कहानी सामने आने लगी—मिथिलेश कुमार श्रीवास्तव की कहानी। उसकी विनम्र उत्पत्ति, उसके परिवार का संघर्ष और जिस सामाजिक दबाव ने उसे आकार दिया था, वह स्पष्ट हो गया। कोर्ट रूम ड्रामे ने जटिल प्रेरणाओं और आंतरिक उथल-पुथल की एक संवेदी झलक पेश

की, जिसने मिथिलेश को नटवरलाल का व्यक्तित्व अपनाने के लिए प्रेरित किया।

पूरी कारवाई के दौरान मिथिलेश ने शांत आचरण बनाए रखा और अपने कार्यों तथा अपने सामने आनेवाले परिणामों के बोझ को सहन किया। उसने सुना कि पीड़ितों ने अपने अनुभव, टूटे हुए भरोसे और उसके हाथों हुई वित्तीय बरबादी के बारे में बताया। उनके शब्द नटवरलाल के मुखौटे को भेदते हुए मिथिलेश की अंतरात्मा की गहराई तक पहुँच गए तथा उसके भीतर लंबे समय से उबल रहे पश्चात्ताप को और बढ़ा दिया।

जैसे-जैसे मुकदमा जारी रहा, बचाव पक्ष ने उन अंतर्निहित कारकों पर प्रकाश डालने की कोशिश की, जो मिथिलेश को धोखे के रास्ते पर ले गए थे। परिवार के सदस्यों, दोस्तों और विशेषज्ञों की गवाही ने एक ऐसे व्यक्ति की तसवीर पेश की, जो अपनी साधारण पृष्ठभूमि से ऊपर उठने की इच्छा से प्रेरित था—ऐसे समाज में खुद को साबित करने के लिए, जो उसके खिलाफ खड़ा था। वे प्रेरणाएँ, जो कभी उसकी आपराधिक गतिविधियों को बढ़ावा देती थीं, उजागर हो गईं और नटवरलाल के रहस्य का मानवीय रूप सामने आ गया।

जैसे ही मिथिलेश की कहानी अदालत में सामने आई, उसके प्रति जनता की भावनाएँ बदलने लगीं। एक चालाक चालबाज के रूप में उनकी धारणा ने किंवदंती के पीछे के व्यक्ति की अधिक सूक्ष्म समझ को जन्म दिया। हालाँकि, उसकी हरकतें बचाव योग्य नहीं थीं, लेकिन उसके पालन-पोषण की जटिलताओं और उसे जिन सामाजिक दबावों का सामना करना पड़ा, उससे कुछ हलकों में सहानुभूति पैदा हुई।

एक ऐसे क्षण में, जो आपराधिक कथा के इतिहास में अंकित हो जाएगा, मिथिलेश कुमार श्रीवास्तव ने अदालत को संबोधित किया। उसने उन पछतावों के बारे में बात की, जो उसकी अंतरात्मा पर भारी पड़ रहे थे, वह पश्चात्ताप, जो उसे उन जिंदगियों के लिए महसूस हुआ, जो उसने बरबाद कर दी थीं; और मुक्ति की इच्छा ने उसे आत्मसमर्पण करने के लिए प्रेरित किया था। उसके

शब्दों ने उसकी आत्मा की गहराई की एक झलक पेश की—धोखे के समुद्र के बीच मानवता की एक झलक।

न्याय देने के कठिन कार्य का सामना करनेवाले न्यायाधीश ने अपने सामने मामले की जटिलता को स्वीकार किया। दंड ने अदालत के समक्ष व्यक्ति की दोहरी प्रकृति को पहचानते हुए दंड और पुनर्वास के बीच एक नाजुक संतुलन को प्रतिबिंबित किया। मिथिलेश कुमार श्रीवास्तव को अपने अपराधों की कीमत चुकानी पड़ेगी, लेकिन मुक्ति का अवसर खत्म नहीं होगा।

जैसे ही मिथिलेश ने अपनी सजा काटनी शुरू की, जनता को उसके अस्तित्व के विरोधाभासों से जूझना पड़ा—दुःसाहसी, धोखेबाज और पश्चात्ताप करनेवाला बेटा—नटवरलाल की किंवदंती और मिथिलेश कुमार श्रीवास्तव की कमजोरी। उसकी कहानी एक सावधान करनेवाली कहानी बन गई, जो धोखे के जीवन से उत्पन्न होनेवाले परिणामों और मानवीय अनुभव की जटिलताओं की याद दिलाती है।

नटवरलाल की किंवदंती के पीछे के व्यक्ति मिथिलेश कुमार श्रीवास्तव के पर्दाफाश ने एक असाधारण गाथा का समापन किया। यह अपराधियों के जटिल दिमाग के प्रति स्थायी आकर्षण एवं महत्त्वाकांक्षा की खोज और हमारा मार्गदर्शन करनेवाले नैतिक दिशा-निर्देश के बीच नाजुक संतुलन का एक प्रमाण था।

नटवरलाल उर्फ मिथिलेश कुमार श्रीवास्तव की कहानी आपराधिक इतिहास में अंकित है; एक ऐसी कहानी, जो आसान वर्गीकरण को चुनौती देती है और मानव आत्मा के भीतर मौजूद जटिलताओं व विरोधाभासों की याद दिलाती है। यह विकल्पों की शक्ति तथा दुःसाहस और धोखे से चिह्नित दुनिया में मुक्ति की स्थायी खोज के प्रमाण के रूप में कार्य करती है।

□

11
भगोड़े की जिंदगी

अपनी नाटकीय अदालती उपस्थिति और उसके बाद सजा सुनाए जाने के बाद नटवरलाल के नाम से मशहूर कुख्यात ठग मिथिलेश कुमार श्रीवास्तव ने खुद को एक नई वास्तविकता में पाया—भगोड़े की जिंदगी! जेल से भागना उसका शगल बन गया।

अपने अपराधों के बोझ और जेल की सजा के मद्देनजर मिथिलेश के पास भगोड़े की जिंदगी अपनाने के अलावा कोई विकल्प नहीं था। वह समझ गया था कि उसे पकड़ना कानून प्रवर्तन एजेंसियों के लिए सर्वोच्च प्राथमिकता है और वे उसे वापस हिरासत में लाने के लिए कुछ भी करेंगी। दुनिया खतरे की भूलभुलैया बन गई थी, जिससे उसे निरंतर सतर्कता और जीवित रहने की प्रवृत्ति अपनाने के लिए मजबूर होना पड़ा।

मिथिलेश के व्यवसाय का पहला आदेश उसके पिछले जीवन—नटवरलाल के जीवन—से सभी संबंधों को तोड़ना था। उसने उन सहयोगियों और सुरक्षित घरों के नेटवर्क को त्याग दिया, जिन्होंने उसके आपराधिक कृत्यों का समर्थन किया था। चूँकि अधिकारी उसकी तलाश में थे, इसलिए उसकी पिछली पहचान से कोई भी संबंध केवल एक दायित्व के रूप में काम करेगा।

भेस बदलना मिथिलेश के शस्त्रागार में एक आवश्यक उपकरण बन गया, क्योंकि वह कानून से एक कदम आगे रहना चाहता था। नई पहचान

धारण करने में अपनी विशेषज्ञता के साथ, उसने सावधानी से भेस तैयार किए, जिससे उसे विभिन्न वातावरणों में सहजता से घुलने-मिलने की अनुमति मिली। विग, नकली अंग और बारीकियों पर सावधानीपूर्वक ध्यान देने से उसका रूप बदल गया, जिससे अधिकारियों के लिए उसे पहचानना कठिन हो गया।

भागते-भागते मिथिलेश की जिंदगी लगातार खतरे से भरी थी। उसने संपर्कों के व्यापक नेटवर्क पर भरोसा किया। ऐसे व्यक्ति, जो उसके उद्देश्य के प्रति सहानुभूति रखते थे या वित्तीय प्रोत्साहन से प्रेरित थे। इन संपर्कों ने उसे सुरक्षित घर, झूठे दस्तावेज और कानूनी गतिविधियों के बारे में बहुमूल्य जानकारियाँ प्रदान कीं। इस छायादार दुनिया में भरोसा एक अनमोल वस्तु थी और मिथिलेश को जोखिम भरे इलाके में सावधानी से चलना था।

पकड़ से बचने के लिए मिथिलेश बार-बार अपना स्थान बदलता था। वह कभी भी एक स्थान पर बहुत लंबे समय तक नहीं रहता था। वह पूरे देश में एक शहर से दूसरे शहर घूमता रहा और हमेशा उन लोगों से एक कदम आगे रहा, जो उसे पकड़ने की कोशिश कर रहे थे। भीड़ में गायब हो जाने, जनता के बीच घुल-मिल जाने की उसकी क्षमता ने उसे कानून के लिए एक मायावी लक्ष्य बना दिया।

मिथिलेश कुमार श्रीवास्तव की खोज एक राष्ट्रीय जुनून बन गई। मीडिया ने उसकी प्रत्येक हरकत पर नजर रखी, संभावित देखे जाने पर रिपोर्टिंग की और उसे पकड़ने में मदद करनेवाली जानकारी के लिए पर्याप्त पुरस्कार की पेशकश की। उसकी बदनामी बढ़ती गई, जिससे उसका पलायन भरा जीवन और भी जटिल हो गया। वह जहाँ भी जाता था, उसके अतीत की परछाइयाँ, नटवरलाल की कथा, उसका पीछा करती प्रतीत होती थीं, जिससे उसकी गुमनामी बनाए रखना चुनौतीपूर्ण हो जाता था।

जैसे-जैसे समय बीतता गया, भाग-दौड़ भरी जिंदगी की चुनौतियाँ मिथिलेश पर भारी पड़ने लगीं। निरंतर भय, शिकार किए जाने का तनाव और अपने प्रियजनों से अलगाव ने उसकी आत्मा पर भारी असर डाला। जो ग्लैमर

व उत्साह कभी उसके आपराधिक कारनामों के साथ था, उसने एकांत और बेचैनी के जीवन का मार्ग प्रशस्त किया। आजादी की कीमत बहुत ऊँची थी और मिथिलेश को हर दिन उसका बोझ उठाना पड़ता था।

फिर भी, कठिनाइयों के बीच मिथिलेश को सांत्वना के क्षण और उस दुनिया की झलक मिली, जो वह पीछे छोड़ आया था। दयालु अजनबियों के साथ मुठभेड़, लुभावने परिदृश्य और रोजमर्रा की जिंदगी की सरल खुशियाँ उस सुंदरता की याद दिलाती थीं, जो अभी भी उसके भगोड़े अस्तित्व की सीमाओं से परे मौजूद थी। वे क्षणभंगुर क्षण अनमोल खजाने बन गए, जो निरंतर पीछा करने से राहत प्रदान करते थे।

भागते-भागते मिथिलेश का जीवन एक महत्त्वपूर्ण मोड़ पर पहुँच गया, जब मुक्ति का एक अप्रत्याशित अवसर सामने आया। एक पूर्व पीड़ित के साथ एक आकस्मिक मुठभेड़ के कारण एक गहरी व ईमानदार बातचीत हुई, जहाँ मिथिलेश ने अपने कार्यों के परिणामों और अपने द्वारा दिए गए दर्द का सामना किया। वह एक परिवर्तनकारी क्षण था, जिसने उसे अपनी पसंद पर विचार करने और प्रायश्चित्त की संभावना पर विचार करने के लिए मजबूर किया।

मुक्ति की संभावना से प्रेरित होकर मिथिलेश ने एक साहसिक निर्णय लिया। उसने अपने अपराधों के महत्त्व और परिणामों का सामना करने की आवश्यकता को स्वीकार करते हुए अधिकारियों के सामने खुद के आत्मसमर्पण का फैसला किया। निरंतर भय एवं अलगाव के साथ भागती हुई जिंदगी ने अपना असर दिखाना शुरू कर दिया था और वह एक अलग तरह की आजादी के लिए रास्ता तलाशने तथा मौका ढूँढ़ने की कोशिश कर रहा था।

समर्पण का कार्य मिथिलेश की यात्रा में एक महत्त्वपूर्ण मोड़ था। इसने एक भगोड़े के जीवन से एक पश्चात्तापकर्ता के जीवन में बदलाव का संकेत दिया। मुक्ति की राह लंबी व कठिन होगी, लेकिन मिथिलेश ने इसे एक नए दृढ़ संकल्प के साथ अपनाया। उसे आशा थी कि अपने कार्यों की जिम्मेदारी लेकर वह अपने जीवन का पुनर्निर्माण शुरू कर सकता है और जो नुकसान हुआ है, उसकी भरपाई कर सकता है।

मिथिलेश कुमार श्रीवास्तव के लिए भाग-दौड़वाली जिंदगी एक निरंतर लड़ाई थी। एक ऐसा जीवन, जो भय, अलगाव और स्वतंत्रता की निरंतर खोज से चिह्नित था। इसने उसके लचीलेपन का परीक्षण किया था और उसकी पहचान को चुनौती दी थी; लेकिन इस यात्रा ने प्रतिबिंब और आत्म-खोज के क्षण भी प्रदान किए, जिससे मुक्ति की संभावना का मार्ग प्रशस्त हुआ और उसे अपने अतीत की छाया के बीच शांति पाने का मौका मिला।

जैसे ही मिथिलेश ने अधिकारियों के सामने आत्मसमर्पण कर दिया, उसने एक नए अध्याय की शुरुआत की, जो उसके भविष्य की दिशा निर्धारित करेगा। नटवरलाल के कारनामों की गूँज हमेशा गूँजती रहेगी; लेकिन मिथिलेश कुमार श्रीवास्तव को अब परिवर्तन और एक अलग तरह की स्वतंत्रता की खोज का अवसर मिला—अंतरात्मा की स्वतंत्रता और मुक्ति प्राप्त जीवन का अवसर!

□

12

विश्वासघात और गठबंधन

अपने आपराधिक कॅरियर के दौरान नटवरलाल उर्फ मिथिलेश कुमार श्रीवास्तव ने अपनी साजिशों को अंजाम देने और पकड़ से बचने के लिए गठबंधन के जाल पर भरोसा किया था। हालाँकि, जैसे-जैसे कहानी सामने आती है, एक अध्याय सामने आता है, जो विश्वासघात और गठबंधन की जटिल गतिशीलता को उजागर करता है, जिसने उसकी यात्रा को आकार दिया।

नटवरलाल धोखे की कला से अनजान नहीं था; लेकिन वह अकेला ऐसा व्यक्ति नहीं था, जिसके पास यह कौशल था। उसकी दुनिया ऐसे लोगों से भरी हुई थी, जो मुखौटे पहनते थे; ऐसे लोग, जो वफादारी और विश्वासघात के बीच की बारीक रेखा पर चलते थे। उसके सहयोगियों के नेटवर्क में ऐसे लोग भी थे, जो उसकी आपराधिक महत्त्वाकांक्षाओं को साझा करते थे और उनकी लूट से मौज-मस्ती करते थे; हालाँकि, ऐसे लोग भी थे, जिन्होंने अपने लाभ के लिए नटवरलाल की भेद्यता का लाभ उठाने का अवसर देखा।

नटवरलाल की कहानी में सबसे महत्त्वपूर्ण विश्वासघातों में से एक उसके करीबी सहयोगी से आया था, जिसने उसके संचालन में महत्त्वपूर्ण भूमिका निभाई थी। उस विश्वासपात्र, जिसकी पहचान वर्षों तक अज्ञात रही, की नटवरलाल के सुरक्षित घरों और गुप्त ठिकानों सहित उसके आंतरिक कामकाज तक पहुँच थी। वह विश्वासघात नटवरलाल के लिए एक सदमा

था, जिससे विश्वास की कमजोरी और प्रतीत होनेवाले वफादार गठजोड़ के पीछे छिपे उद्‌देश्यों का पता चला।

इस विश्वासघात के परिणाम दूरगामी थे। सहयोगी के कार्यों ने नटवरलाल के संचालन से समझौता कर लिया और उसे पकड़े जाने का अधिक खतरा पैदा हो गया। इसने उसे अपने सुरक्षित घर छोड़ने और उन व्यक्तियों से संबंध तोड़ने के लिए मजबूर किया, जो उसकी आपराधिक गतिविधियों में सहायक थे। विश्वास खोना एक ऐसा झटका था, जिसने उसे पहले से कहीं अधिक असुरक्षित और उजागर कर दिया।

लेकिन विश्वासघातों के बीच नटवरलाल ने अप्रत्याशित गठबंधन भी बनाए, जिससे उसके आपराधिक प्रयासों को आकार देने में मदद मिली। उसने ऐसे व्यक्तियों के साथ साझेदारी की, जो उसकी महत्त्वाकांक्षाओं को साझा करते थे और जिनके पास अद्वितीय कौशल थे, जो उसकी महत्त्वाकांक्षाओं के पूरक थे। ये गठबंधन अकसर पारस्परिक लाभ की भट्ठी में बनाए जाते थे, जिसमें प्रत्येक पार्टी मेज पर कुछ मूल्यवान् लाती थी।

ऐसा ही एक गठबंधन एक कुशल जालसाज के साथ था, जिसने नटवरलाल को नए व्यक्तित्व धारण करने के लिए आवश्यक झूठे दस्तावेज और पहचान प्रदान करने में महत्त्वपूर्ण भूमिका निभाई थी। जालसाज के शिल्प कौशल और बारीकियों पर ध्यान अचूक पहचान बनाने में आवश्यक था, जिसने नटवरलाल को कानून से बचने का रास्ता दिया। यह साझेदारी पारस्परिक रूप से लाभकारी थी, क्योंकि नटवरलाल की साजिश ने जालसाज को आय का एक स्थिर प्रवाह प्रदान किया।

एक और गठबंधन, जो नटवरलाल की सफलता में सहायक साबित हुआ, वह एक सूचना दलाल के साथ था—आपराधिक अंडरवर्ल्ड और कानून प्रवर्तन एजेंसियों में गहरे संबंध रखनेवाला एक व्यक्ति। इस गठबंधन ने नटवरलाल को संभावित लक्ष्यों, कानून प्रवर्तन के आंदोलनों और संभावित कमजोरियों के बारे में बहुमूल्य जानकारियाँ प्रदान कीं, जिसका वह लाभ उठा सकता था। बदले में, नटवरलाल के आपराधिक

कारनामों ने सूचना दलाल को आपराधिक बिरादरी के भीतर सत्ता और प्रभाव तक पहुँच प्रदान की।

हालाँकि, नटवरलाल की दुनिया में गठबंधनों की प्रकृति हमेशा अनिश्चित थी। वे विश्वास और स्वार्थ की नाजुक नींव पर बनाए गए थे। जैसे-जैसे दाँव ऊँचे होते गए और नटवरलाल को पकड़ने का दबाव बढ़ता गया, जिन गठबंधनों पर वह इतने लंबे समय से भरोसा कर रहा था, वे टूटने लगे।

बदलती वफादारी और दोहरे मतभेद लगातार बढ़ते गए, जिससे नटवरलाल को संभावित विश्वासघातों के प्रति लगातार सतर्क रहना पड़ा। वह इस बात से अवगत हो गया कि जिन व्यक्तियों को वह कभी सहयोगी मानता था, वे भी उसके खिलाफ हो सकते हैं, यदि यह उनके हितों के अनुकूल हो। विश्वास और विश्वासघात के बीच का नाजुक संतुलन रस्सी पर चलनेवाला एक शख्स बन गया, जिसने उसके आपराधिक कार्यों को परिभाषित किया।

विश्वासघातों और बदलते गठबंधनों का नटवरलाल की मानसिकता पर गहरा प्रभाव पड़ा। वह अपने आसपास के लोगों के इरादों पर सवाल उठाते हुए अधिक सतर्क और संदिग्ध हो गया। धोखा दिए जाने का डर उसे फिर सताने लगा और उसे दूसरों के साथ वास्तविक संबंध बनाने में कठिनाई होने लगी। उसे जो अलगाव महसूस हुआ, वह उस विश्वासघाती दुनिया का परिणाम था, जिसमें उसने खुद को डुबो लिया था।

जैसे ही नटवरलाल उर्फ मिथिलेश कुमार श्रीवास्तव की कहानी सामने आती है, विश्वासघात और गठबंधन आपराधिक अंडरवर्ल्ड की जटिलताओं की याद दिलाते हैं। भरोसा एक दुर्लभ वस्तु है और व्यक्तिगत लाभ की चाहत अकसर वफादारी पर भारी पड़ती है। इस गतिशीलता ने न केवल नटवरलाल के आपराधिक कारनामों को आकार दिया, बल्कि मानव स्वभाव की गहराई को भी उजागर किया—दोस्त व दुश्मन के बीच की धुँधली रेखाएँ और धोखे से प्रेरित दुनिया में विश्वास की नाजुक प्रकृति!

विश्वासघातों और बदलते गठबंधनों ने अंततः नटवरलाल के पतन में महत्त्वपूर्ण भूमिका निभाई। उन्होंने उसकी कमजोरियों को उजागर किया और

उसके कार्यों से समझौता किया, जिससे उसके लिए अपने मायावी व्यक्तित्व को बनाए रखना कठिन हो गया। इन खंडित गठबंधनों के परिणामों ने एक स्पष्ट अनुस्मारक के रूप में कार्य किया; कि अपराध की विश्वासघाती दुनिया में गलत हाथों द्वारा उपयोग किए जाने पर विश्वास एक घातक हथियार हो सकता है।

जैसे ही नटवरलाल उर्फ मिथिलेश कुमार श्रीवास्तव ने विश्वासघात और गठबंधन की जटिल नदी को पार किया, इस गतिशीलता के परिणाम उसके पूरे आपराधिक कॅरियर में गूँजते रहे। विश्वास और धोखे के जाल ने उसकी पसंद को आकार दिया, उसके कार्यों को प्रभावित किया और अंततः आपराधिक कथा के इतिहास में उसके भाग्य का निर्धारण किया।

□

13
बड़ी डकैती

नटवरलाल उर्फ मिथिलेश कुमार श्रीवास्तव दु:साहसी योजनाओं और विस्तृत साजिशों से अनजान नहीं था; लेकिन एक विशेष डकैती उसके सबसे बड़े कारनामे के रूप में सामने आई, जिसने अपराध कथा के इतिहास पर एक अमिट छाप छोड़ी।

'द ग्रेट हीस्ट' का लक्ष्य एक नेशनल बैंक था, जो एक वित्तीय संस्थान था, जो अपने सुरक्षा उपायों और अभेद्य तहखानों के लिए प्रसिद्ध था। एक अभेद्य किले के रूप में उसकी प्रतिष्ठा ने उसे जनता की नजर में अजेयता का प्रतीक बना दिया था; लेकिन नटवरलाल ने उसे एक चुनौती के रूप में देखा—सार्वकालिक महान् ठग के रूप में अपनी विरासत को मजबूत करने का एक अवसर!

नटवरलाल ने बैंक के सुरक्षा प्रोटोकॉल, उसकी कमजोरियों और उसके गार्डों के पैटर्न का अध्ययन करते हुए डकैती के हर विवरण की सावधानीपूर्वक योजना बनाई। उसने अपने साहसिक प्रयास की सफलता सुनिश्चित करने के लिए खुफिया जानकारियाँ इकट्ठा करने, आंतरिक स्रोतों को विकसित करने और हर कोण की खोज करने में कई महीने बिताए।

नटवरलाल की योजना में पहला कदम कुशल पेशेवरों की एक टीम को इकट्ठा करना था। उसने ऐसे व्यक्तियों को चुना, जिनके पास अद्वितीय प्रतिभा थी—तिजोरियाँ, इलेक्ट्रॉनिक्स एवं अलार्म सिस्टम तोड़ने

में विशेषज्ञ। टीम के प्रत्येक सदस्य को गोपनीयता की शपथ दिलाई गई, जो धन की उनकी साझा इच्छा और नटवरलाल की दु:साहसी दृष्टि में उसके विश्वास से बँधा हुआ था।

इसके बाद सावधानीपूर्वक तैयार किए गए मुखौटे का निर्माण हुआ। नटवरलाल ने शहर के अभिजात वर्ग का विश्वास और प्रशंसा अर्जित करते हुए एक धनी परोपकारी व्यक्ति की पहचान बनाई। इस व्यक्तित्व ने उसे हाई-प्रोफाइल सामाजिक आयोजनों तक पहुँच प्राप्त करने और प्रभावशाली व्यक्तियों के साथ संबंध स्थापित करने की अनुमति दी, जो अनजाने में उसकी भव्य योजना में मोहरे बन गए।

अपनी टीम के साथ और अपने कवर की स्थापना के साथ नटवरलाल ने उस बड़ी डकैती को गति प्रदान की। उस योजना में बहुआयामी दृष्टिकोण शामिल था, जिसमें बैंक के सुरक्षा बुनियादी ढाँचे में विभिन्न कमजोरियों का फायदा उठाया गया था। इसके लिए दोष-रहित समन्वय, सुरक्षित कार्यान्वयन और मजबूत इरादों की आवश्यकता थी।

डकैती के प्रमुख तत्त्वों में से एक बैंक की निगरानी प्रणाली में हेर-फेर था। नटवरलाल और उसकी टीम ने सावधानीपूर्वक सुरक्षा नेटवर्क को हैक किया, फुटेज का एक निर्बाध लूप तैयार किया, जिससे गार्ड को यह विश्वास हो गया कि सबकुछ सामान्य था। गुमराह करने की कला ने बैंक कर्मियों को सतर्क रहने और आसन्न खतरे से अनजान रखने में महत्त्वपूर्ण भूमिका निभाई।

इस बीच, नटवरलाल की टीम ने कुशलतापूर्वक बैंक के अलार्म सिस्टम को निष्क्रिय कर दिया, जिससे वे अप्रभावी हो गए। इलेक्ट्रॉनिक्स और अत्याधुनिक प्रौद्योगिकी में उसकी विशेषज्ञता ने उसे उन परिष्कृत सुरक्षा उपायों को दरकिनार करने की अनुमति दी, जिन्होंने अनगिनत संभावित चोरों को दूर रखा था।

इस बड़ी डकैती का चरमोत्कर्ष चाँदनी रात में हुआ, जब नटवरलाल और उसकी टीम छाया की तरह नेशनल बैंक पर उतरी। उनकी सटीकता व

समन्वय अद्वितीय था, क्योंकि वे भूलभुलैया गलियारों के माध्यम से सुरक्षा कैमरों से बचते हुए और अपने रास्ते में किसी भी शेष बाधा को निष्क्रिय करते हुए आगे बढ़े।

बैंक के मध्य में अभेद्य तिजोरी थी—स्टील और कंक्रीट का एक भव्य किला! नटवरलाल जानता था कि इसे क्रैक करने के लिए न केवल तकनीकी विशेषज्ञता की आवश्यकता है, बल्कि मानवीय तत्त्व की गहरी समझ भी आवश्यक है। उसने बैंक के कर्मचारियों का सावधानीपूर्वक अध्ययन किया था और उस व्यक्ति की पहचान की थी, जिसके पास तिजोरी की चाबी थी—मुख्य सुरक्षा अधिकारी।

नटवरलाल की धोखेबाजी में महारत तब सामने आई, जब उसने सुरक्षा अधिकारी का विश्वास हासिल करने के लिए मनोवैज्ञानिक हेर-फेर का सहारा लिया। सावधानी से गढ़ी गई कहानियों और सूक्ष्म मनोवैज्ञानिक रणनीति के साथ उसने अधिकारी को चाबियाँ सौंपने के लिए मना लिया, जिससे अनजाने में उसी डकैती में मदद मिली, जिसे वह रोकना चाहता था।

जैसे ही तिजोरी का दरवाजा खुला, अंदर अकल्पनीय धनराशि का पता चला, नटवरलाल और उसकी टीम ने उस पल का लाभ उठाया। उन्होंने तेजी से काम किया, विधिपूर्वक अपनी लूट को इकट्ठा किया और अपनी उपस्थिति का कोई निशान नहीं छोड़ा। उनकी कार्य-कुशलता और विशेषज्ञता ने यह सुनिश्चित किया कि बहुत देर तक डकैती का पता न चले।

बड़ी डकैती की सफलता की गूँज आपराधिक अंडरवर्ल्ड में गूँज उठी, जिसने नटवरलाल को महान् स्थिति में पहुँचा दिया। जिस दुःसाहस और सटीकता के साथ उसने इस योजना को अंजाम दिया, उसने कानून प्रवर्तन एजेंसियों एवं सुरक्षा विशेषज्ञों को आश्चर्यचकित कर दिया। नेशनल बैंक, जिसे कभी अभेद्य माना जाता था, में धोखे के मास्टर ने सेंध लगा दी थी।

हालाँकि, बड़ी लूट अपनी कीमत के साथ आई थी। चुराई गई धनराशि का भार, पकड़े जाने का निरंतर डर और उसके कार्यों के नैतिक परिणाम

नटवरलाल के विवेक पर भारी पड़ गए। बड़ी डकैती की विरासत ने एक आपराधिक मास्टरमाइंड के रूप में उसकी स्थिति को मजबूत करते हुए, उसकी आत्मा पर एक अमिट छाप छोड़ी।

जैसे ही नटवरलाल ने बड़ी डकैती पर विचार किया, उसे अहसास हुआ कि धन की खोज और सिस्टम को चकमा देने का रोमांच एक ऊँची कीमत पर आया था। दु:साहस एवं नैतिकता के बीच की रेखा धुँधली हो गई थी और उसके कार्यों के परिणाम उसे परेशान कर रहे थे। उसकी महानतम विजय की गूँज सदैव उसकी चेतना में गूँजती रही।

बड़ी डकैती नटवरलाल के अद्वितीय कौशल, दु:साहस और सावधानीपूर्वक योजना का प्रमाण बनी। यह प्रतिभा और आपराधिकता के बीच की महीन रेखा की याद दिलाती है। यह दरशाती है कि धोखे का मास्टर किस हद तक जा सकता है! यह डकैती इतिहास के पन्नों में हमेशा के लिए अंकित हो गई, जो दुनिया के अब तक ज्ञात सबसे महान् ठगों में से एक नटवरलाल की विरासत का एक स्थायी प्रतीक है।

□

14

अंतरराष्ट्रीय सीमाएँ पार करना

नटवरलाल उर्फ मिथिलेश कुमार श्रीवास्तव, दुःसाहसी ठग, धोखे की जटिल दुनिया से निपटने की अपनी क्षमता के लिए जाना जाता था; लेकिन उसकी महत्त्वाकांक्षाएँ राष्ट्रीय सीमाओं से परे बढ़ गईं, क्योंकि उसने कई कारनामे शुरू किए, जिनमें अंतरराष्ट्रीय सीमाओं को पार करना शामिल था।

नटवरलाल के अंतरराष्ट्रीय क्षेत्र में प्रवेश के लिए सावधानीपूर्वक योजना और विदेशों के सांस्कृतिक, कानूनी एवं सुरक्षा परिदृश्य की गहरी समझ की आवश्यकता थी। उसने माना कि प्रत्येक क्षेत्राधिकार अद्वितीय चुनौतियाँ और अवसर प्रस्तुत करता है, जिससे जोखिमों व पुरस्कारों का सावधानीपूर्वक मूल्यांकन करना आवश्यक हो जाता है।

नटवरलाल के सबसे साहसी सीमा पार कारनामों में से एक यूरोप में हुआ, जहाँ उसने एक प्रमुख आर्ट गैलरी को निशाना बनाया, जो अपने अमूल्य संग्रह के लिए जानी जाती है। उस योजना में एक प्रसिद्ध कृति को चुराने के लिए सावधानीपूर्वक योजनाबद्ध योजना शामिल थी—एक ऐसा कार्य, जिसके लिए न केवल धोखे की आवश्यकता थी, बल्कि कला की दुनिया और गैलरी के सुरक्षा प्रोटोकॉल की एक जटिल समझ भी आवश्यक थी।

डकैती को सफलतापूर्वक अंजाम देने के लिए नटवरलाल ने कला जालसाजी, परिवहन, रसद और सुरक्षा चोरी में विशेष कौशलवाले

विशेषज्ञों की एक टीम को इकट्ठा किया। टीम के प्रत्येक सदस्य ने ऑपरेशन में महत्त्वपूर्ण भूमिका निभाई और अंतरराष्ट्रीय सीमाओं को पार करते समय उत्पन्न होनेवाली चुनौतियों से निपटने में उनका सहज समन्वय महत्त्वपूर्ण था।

बिना पता लगाए सीमा पार करने की व्यवस्था नटवरलाल और उसकी टीम के लिए एक बड़ी बाधा थी। उन्हें कड़े सीमा शुल्क एवं आव्रजन जाँच, निगरानी प्रणाली और अंतरराष्ट्रीय यात्रा में आम तौर पर बढ़े हुए सुरक्षा उपायों पर काबू पाना पड़ा। भेस बदलना, झूठे पासपोर्ट और सावधानीपूर्वक योजना बनाना उसके शस्त्रागार के आवश्यक उपकरण बन गए।

नटवरलाल अंतरराष्ट्रीय स्तर पर संचालन करते समय कानूनी खामियों और राजनयिक अंतराल का लाभ उठाने के महत्त्व को समझता था। उसने प्रत्यर्पण कानूनों, पारस्परिक कानूनी सहायता समझौतों और विभिन्न देशों में कानून प्रवर्तन एजेंसियों की सीमाओं का सावधानीपूर्वक अध्ययन किया। इस ज्ञान ने उसे अंतरराष्ट्रीय सहयोग में कमियों का लाभ उठाने की अनुमति दी, जिससे सीमा पार करने के बाद अधिकारियों के लिए उसे पकड़ना मुश्किल हो गया।

अंतरराष्ट्रीय कला बाजार ने नटवरलाल को नुकसान और अवैध सौदों के लिए पर्याप्त अवसर प्रदान किए। उसने दुर्लभ व मूल्यवान् कलाकृतियों के आकर्षण का लाभ उठाया, संग्राहकों के लालच और अंतरराष्ट्रीय कला लेन-देन की जटिलताओं का लाभ उठाया। कला बाजार की सीमा-पार प्रकृति ने उसे पहचान से बचने और चुराई गई कलाकृतियों को सुरक्षित ठिकानों पर स्थानांतरित करने की अनुमति दी—अकसर ढीले नियमोंवाले देशों में।

नटवरलाल के अंतरराष्ट्रीय कारनामों की सफलता चुनौतियों व जोखिमों से रहित नहीं थी। इंटरपोल, अंतरराष्ट्रीय कानून प्रवर्तन एजेंसियाँ और कला अपराध इकाइयाँ चोरी की गई कलाकृतियों का पता लगाने तथा जिम्मेदार लोगों को पकड़ने के लिए समर्पित थीं। जैसे-जैसे उसकी बदनामी बढ़ती गई,

वैसे-वैसे उसे न्याय दिलाने के लिए इन एजेंसियों का दृढ़ संकल्प भी बढ़ता गया।

नटवरलाल को वैश्विक कानून प्रवर्तन नेटवर्क से आगे रहने के लिए अपनी रणनीतियों और तकनीकों को लगातार अनुकूलित करना पड़ा। विभिन्न संस्कृतियों में घुलने-मिलने और नई पहचान अपनाने की उसकी क्षमता ने उसे पहचान से बचने और विभिन्न देशों में अपनी आपराधिक गतिविधियों को जारी रखने की अनुमति दी। हालाँकि, अंतरराष्ट्रीय सीमाओं को पार करने का जोखिम हमेशा मौजूद था, जिसके लिए समय की गहरी समझ, विस्तृत योजना और मजबूत इरादों की आवश्यकता होती थी।

नटवरलाल के अंतरराष्ट्रीय कारनामों का परिणाम न केवल उसके पीड़ितों को, बल्कि उसमें शामिल देशों की प्रतिष्ठा को भी भुगतना पड़ा। जिस दुःसाहस के साथ उसने अपने अपराध को अंजाम दिया, उसने उनकी सुरक्षा-प्रणालियों में विश्वास को कम कर दिया और अंतरराष्ट्रीय अपराध से निपटने के लिए राष्ट्रों के बीच सहयोग बढ़ाने की आवश्यकता को उजागर किया।

जैसे ही नटवरलाल ने अंतरराष्ट्रीय सीमाएँ पार कीं, उसने अपने पीछे अराजकता, टूटे हुए सपने और टूटे हुए भरोसे का निशान छोड़ दिया। वैश्विक आपराधिक परिदृश्य पर उसके कारनामों के प्रभाव को कम करके नहीं आँका जा सकता। कानूनी खामियों में हेर-फेर करने और अंतरराष्ट्रीय नेटवर्क का फायदा उठाने की उसकी क्षमता ने अंतरराष्ट्रीय अपराध की जटिलताओं और उससे निपटने में कानून प्रवर्तन एजेंसियों के सामने आनेवाली चुनौतियों का प्रदर्शन किया।

सीमाओं के पार नटवरलाल के कारनामे ने उसके दुःसाहस की सीमा और अंतरराष्ट्रीय कानून प्रवर्तन की सीमाओं को उजागर किया। सीमाओं, कानूनों और सांस्कृतिक मतभेदों के जटिल जाल से पार पाने की उसकी क्षमता उसे आपराधिक अंडरवर्ल्ड में एक दुर्जेय व्यक्ति के रूप में अलग करती है।

नटवरलाल उर्फ मिथिलेश कुमार श्रीवास्तव की कहानी अपराध की वैश्विक प्रकृति और उससे निपटने में अंतरराष्ट्रीय सहयोग की आवश्यकता की याद दिलाती है। अंतरराष्ट्रीय सीमाओं को पार करने से नटवरलाल के कारनामों में जटिलता की एक और परत जुड़ गई, जिससे एक निरंतर विकसित हो रही दुनिया में पनपने की उसकी क्षमता का प्रदर्शन हुआ, जहाँ सीमाएँ दुःसाहसिक धोखे के लिए कोई बाधा नहीं हैं।

□

15
झूठे पहलू

नटवरलाल उर्फ मिथिलेश कुमार श्रीवास्तव धोखे में माहिर था, जो झूठे मुखौटे गढ़ने के अपने कौशल के लिए जाना जाता था, जिससे वह बेखौफ होकर काम कर सकता था। बदलती पहचान, विस्तृत व्यक्तित्व और भ्रम पैदा करने की कला, जो उसके असली इरादों को छुपाती थी।

विश्वास कायम करने, मूल्यवान् लक्ष्यों तक पहुँच हासिल करने और वैधता का माहौल बनाए रखने के लिए नटवरलाल के झूठे मुखौटे आवश्यक थे। वह समझ गया था कि उसके बारे में दूसरों की धारणा उसके लिए दरवाजे खोल सकती है, संदेह को दूर कर सकती है और उसके धोखेबाज प्रयासों को सुविधाजनक बना सकती है। परिणामस्वरूप उसमें अलग-अलग व्यक्तित्वों को धारण करने की अद्भुत क्षमता विकसित हो गई, जिसमें से प्रत्येक को उनके विशिष्ट उद्देश्यों के अनुरूप बनाया गया था।

नटवरलाल का सबसे उल्लेखनीय झूठा चेहरा एक करिश्माई व्यवसायी का था। उसने खुद को धन, प्रभाव और बेदाग प्रतिष्ठावाले व्यक्ति के रूप में प्रस्तुत किया। सावधानीपूर्वक तैयार की गई इस छवि ने उसे विशिष्ट सामाजिक हलकों में घुसपैठ करने, अपने लक्ष्यों का विश्वास हासिल करने और ऐसे संबंध स्थापित करने की अनुमति दी, जो उसके पक्ष में मूल्यवान् साबित हुए।

एक सफल उद्यमी का मुखौटा बरकरार रखने के लिए नटवरलाल बड़े-बड़े स्वाँग रचाने में लग गया। वह अकसर महँगे प्रतिष्ठानों में जाता

था, लग्जरी गाड़ियाँ चलाता था और समृद्धि का आवरण ओढ़ लेता था। इन विशेषताओं ने उसके व्यक्तित्व को विश्वसनीयता प्रदान की, जिससे उसके पीड़ितों के लिए उसकी प्रामाणिकता पर सवाल उठाना कठिन हो गया।

नटवरलाल का झूठा मुखौटा व्यापार के दायरे से भी आगे तक फैला हुआ था। वह विभिन्न भूमिकाएँ निभाने; अपनी शक्ल, बोली और तौर-तरीकों को अपनाकर अलग-अलग पहचान बनाने में कुशल था। चाहे वह खुद को एक सम्मानित शिक्षाविद्, एक विश्वसनीय प्राधिकारी व्यक्ति या एक सहानुभूतिपूर्ण विश्वासपात्र के रूप में प्रस्तुत करता हो, उसकी गिरगिट जैसे विभिन्न पहलुओं को अपनाने की क्षमता ने उसकी कमियों में जटिलता की परतें जोड़ दीं।

झूठे दस्तावेज बनाना नटवरलाल के झूठे पहलुओं का एक महत्त्वपूर्ण पहलू था। उसने जालसाजों के अपने नेटवर्क पर भरोसा किया, जो त्रुटिहीन नकली पासपोर्ट, पहचान-पत्र और वित्तीय रिकॉर्ड तैयार करते थे। उन जाली दस्तावेजों ने उसकी कल्पित पहचान को मजबूत किया, जिससे उसकी भ्रामक कहानियों का समर्थन करने के लिए आवश्यक सबूत मिले।

नटवरलाल का झूठा मुखौटा उसकी निजी जिंदगी तक भी फैला हुआ था। उसने अपनी पृष्ठभूमि, पालन-पोषण एवं उपलब्धियों के बारे में सावधानीपूर्वक कहानियाँ तैयार कीं और अपने द्वारा निभाए गए पात्रों में गहराई व प्रामाणिकता जोड़ी। इन कहानियों को सच्चाई के तत्त्वों के साथ सावधानीपूर्वक बुना गया था, जिससे नटवरलाल को अपने पीड़ितों की भावनाओं और सहानुभूति में हेर-फेर करने की अनुमति मिली।

झूठे पहलू केवल व्यक्तियों तक ही सीमित नहीं थे। नटवरलाल अकसर फर्जी कार्यालयों, कर्मचारियों और वित्तीय रिकॉर्ड के साथ फर्जी कंपनियाँ भी स्थापित करता था। इन विस्तृत व्यवस्थाओं ने उसके व्यावसायिक उद्यमों को विश्वसनीयता प्रदान की, जिससे उसके पीड़ितों को उसके संचालन की वैधता के बारे में आश्वस्त किया गया। झूठी कंपनियाँ जटिल जाल के रूप में

काम करती थीं, जिससे उसे अपने लक्ष्यों को अपनी योजनाओं में उलझाने की अनुमति मिलती थी।

नटवरलाल के झूठे पहलुओं की सफलता विस्तार पर उसके ध्यान और निरंतरता बनाए रखने की उसकी क्षमता पर निर्भर थी। उसने यह सुनिश्चित किया कि उसकी कल्पित पहचान के हर पहलू को सावधानीपूर्वक तैयार किया गया और व्यापक कथा में सहजता से एकीकृत किया गया है। अपने पहनावे से लेकर अपनी शब्दावली तक, नटवरलाल ने प्रामाणिकता की तलाश में कोई कसर नहीं छोड़ी।

उसके झूठे दिखावे ने न केवल उसके पीड़ितों को, बल्कि उसके सबसे करीबी लोगों को भी धोखा दिया। यहाँ तक कि उसके सहयोगी, जो उसके आपराधिक अभियानों में महत्त्वपूर्ण भूमिका निभाते थे, अकसर उसकी असली पहचान से अनजान रहते थे। नटवरलाल ने विभाजन के महत्त्व को समझा, धोखे की परतों के पीछे अपने असली 'स्व' को सावधानी से छिपाया और दूरी का एक स्तर बनाए रखा, जिससे यह सुनिश्चित हो गया कि उसके रहस्य छिपे रहें।

झूठे पहलू अपनी चुनौतियों और जोखिमों से रहित नहीं थे। एकाधिक पहचान बनाए रखने के लिए निरंतर सतर्कता, सावधानीपूर्वक योजना और विस्तार के लिए दृढ़ स्मृति की आवश्यकता होती है। एक भी चूक नटवरलाल की असली पहचान उजागर कर सकती थी और सावधानी से बनाई गई धोखे की उसकी दुनिया को उजागर कर सकती थी।

इसके अलावा, झूठे पहलुओं का असर नटवरलाल पर ही पड़ा। अलग-अलग किरदार निभाने का निरंतर कार्य, धोखे को बनाए रखने के लिए आवश्यक भावनात्मक दूरी और निरंतर झूठ का जीवन जीने का बोझ उसके मन पर भारी पड़ा। सच्चाई एवं कल्पना के बीच की रेखाएँ धुँधली हो गईं और यह सवाल कि वह वास्तव में कौन था, तेजी से अस्पष्ट हो गया।

नटवरलाल द्वारा अपनाए गए झूठे पहलू धारणा में हेर-फेर करने और मानवीय विश्वास की कमजोरियों का फायदा उठाने की उसकी अद्वितीय

क्षमता का प्रमाण थे। उसने उसे व्यवसाय, शिक्षा और उच्च समाज की दुनिया में जाने की अनुमति दी, जिससे उसके सामने धोखे का निशान रह गया। लेकिन भ्रम और धोखे की परतों के पीछे एक जटिल व्यक्ति छिपा हुआ था, जो हमेशा के लिए अपने द्वारा बनाए गए व्यक्तित्व और अपनी पहचान की सच्चाई के बीच फँसा हुआ था।

जैसे-जैसे नटवरलाल उर्फ मिथिलेश कुमार श्रीवास्तव की कहानी सामने आती है, झूठे पहलू भ्रम की शक्ति, विश्वास की कमजोरी और एक मास्टर मैनिपुलेटर अपने लक्ष्यों की खोज में कितनी गहराई तक जा सकता है, इसकी याद दिलाते हैं। झूठे पहलू न केवल धोखे के उपकरण थे, बल्कि नटवरलाल के अपने आंतरिक संघर्ष के प्रतिबिंब भी थे—जिस व्यक्ति को उसने दुनिया के सामने प्रस्तुत किया, और उसके भीतर छिपी सच्चाई के बीच एक निरंतर लड़ाई!

□

16
स्वर्ण युग

नटवरलाल उर्फ मिथिलेश कुमार श्रीवास्तव ने उस समय का अनुभव किया, जिसे उनके आपराधिक कॅरियर का स्वर्ण युग माना जा सकता है—एक ऐसा युग, जो दुःसाहसिक साहस, अभूतपूर्व सफलता और कुख्याति के उच्च स्तर से चिह्नित था, जिसने उसे महान् स्थिति तक पहुँचा दिया, जिसने उसकी विरासत को इतिहास के सबसे महान् ठगों में से एक के रूप में परिभाषित किया।

इस युग के दौरान नटवरलाल ने हाई-प्रोफाइल व्यक्तियों, प्रतिष्ठित संस्थानों और प्रसिद्ध संगठनों को निशाना बनाया। उसकी योजनाओं के दुःसाहस ने जनता का ध्यान आकर्षित किया और दुनिया भर की कानून प्रवर्तन एजेंसियों के दिलों में डर पैदा कर दिया।

स्वर्ण युग की सबसे प्रतीकात्मक बुराई में से एक 'हीरा धोखा' थी। नटवरलाल ने एक अत्यधिक सुरक्षित संग्रहालय से एक प्राचीन हीरा चुराने की एक विस्तृत योजना बनाई। उस डकैती में झूठी पहचान, जटिल गलत दिशा और संग्रहालय की सुरक्षा-प्रणालियों में कुशल हेर-फेर का जाल शामिल था। डायमंड डिसेप्शन की सफलता ने नटवरलाल को आपराधिक लोककथाओं के दायरे में पहुँचा दिया।

स्वर्ण युग की एक और पहचान नटवरलाल की धन और शक्ति के आकर्षण का लाभ उठाने की क्षमता थी। उसने अपने लाभ के लिए प्रभावशाली

व्यक्तियों के लालच और सामाजिक स्थिति की इच्छा का लाभ उठाते हुए उन्हें निशाना बनाया। उनके आंतरिक हलकों में घुसपैठ करके उसने उनका विश्वास हासिल किया और उन्हें अपनी साजिशों में भाग लेने के लिए प्रेरित किया तथा अनजाने में उन्हें अपनी योजनाओं में भागीदार बना लिया।

इस युग के दौरान धोखे के मास्टर के रूप में नटवरलाल की प्रतिष्ठा तेजी से बढ़ी। मीडिया ने उसे 'फैंटम कॉनमैन' करार दिया और उसके कारनामे किंवदंती बन गए। समाचार-पत्रों ने उसकी बुराइयों का वर्णन किया और जनता ने उसके दुःसाहस एवं धूर्तता की कहानियाँ सुनीं। उसके व्यक्तित्व के आसपास के रहस्य ने उसके आकर्षण को और बढ़ा दिया तथा उसे उसके प्रशंसकों व अनुयायियों दोनों के लिए एक पहेली बना दिया।

स्वर्ण युग में नटवरलाल को अंतरराष्ट्रीय अपराध की सीमाओं को आगे बढ़ाते हुए भी देखा गया। उसने अपनी साजिशों को अंजाम देने के लिए महाद्वीपों को पार करते हुए, राष्ट्रीय सीमाओं से परे अपने अभियानों का विस्तार किया। उसने अपने लाभ को अधिकतम करने के लिए काले बाजार की वैश्विक प्रकृति का लाभ उठाते हुए दुर्लभ कलाकृतियों, कीमती रत्नों और बेशकीमती कलाकृतियों जैसी उच्च मूल्यवाली संपत्तियों को लक्षित किया।

स्वर्ण युग के दौरान नटवरलाल की सफलता केवल उसके दुःसाहस और चालाकी पर आधारित नहीं थी। उसने कुशल साथियों का एक नेटवर्क बनाया, जिनमें से प्रत्येक के पास अद्वितीय प्रतिभाएँ थीं, जो उसकी अपनी प्रतिभाओं की पूरक थीं। विशेषज्ञ जालसाजों से लेकर तकनीकी जादूगरों तक, उसके विशेषज्ञों की टीम ने उसके काम को सटीकता और चालाकी से निष्पादित करने में महत्त्वपूर्ण भूमिका निभाई।

स्वर्ण युग के दौरान एकत्रित की गई संपदा ने नटवरलाल को विलासिता का जीवन जीने की अनुमति दी। वह विलासितापूर्ण जीवन-शैली अपनाता था, ऊँचे प्रतिष्ठानों में बार-बार जाता था और अभिजात वर्ग के साथ कंधे से कंधा मिलाकर चलता था। लूट से प्राप्त धन ने उसे जीवन में बेहतरीन चीजों का

आनंद लेने के साधन प्रदान किए और एक आपराधिक मास्टरमाइंड के रूप में उसकी स्थिति को और मजबूत किया।

हालाँकि, स्वर्ण युग अपनी चुनौतियों से रहित नहीं था। जैसे-जैसे नटवरलाल की कुख्याति बढ़ती गई, वैसे-वैसे कानून प्रवर्तन एजेंसियों का उसे पकड़ने का संकल्प भी बढ़ता गया। अधिकारियों द्वारा लगातार पीछा करने से उसे अत्यधिक सावधानी के साथ काम करने के लिए मजबूर होना पड़ा और उसे एक कदम आगे रहने के लिए अपनी तकनीकों को नया रूप देने के लिए प्रेरित किया।

स्वर्ण युग के दौरान नटवरलाल की सफलता के भी अप्रत्याशित परिणाम थे। उसकी दु:साहसिक साजिश ने बिखरी जिंदगियों, वित्तीय बरबादी और टूटे हुए भरोसे का निशान छोड़ दिया। उसके धोखे के शिकार लोगों को वित्तीय और भावनात्मक दोनों तरह से गहरा नुकसान हुआ; क्योंकि वे इस अहसास से जूझ रहे थे कि वे 'फैंटम कॉनमैन' के शिकार हो गए हैं!

अंततः स्वर्ण युग का अंत हो गया, जैसा कि सभी युगों में होता है। कानून प्रवर्तन की कड़ी जाँच, अपनी अंतरात्मा की आवाज का बोझ और लगातार धोखे का जीवन जीने का असर नटवरलाल पर पड़ा। जैसे-जैसे दीवारें उसके चारों ओर बंद होती गईं, उसे अपने कार्यों के परिणामों का सामना करने और उस विरासत से जूझने के लिए मजबूर होना पड़ा, जिसे वह पीछे छोड़ना चाहता था।

नटवरलाल के आपराधिक कॅरियर का स्वर्ण युग दु:साहस, सरलता और धोखे की उसकी दुनिया में कोई भी व्यक्ति कितनी ऊँचाइयों तक पहुँच सकता है, इसका प्रमाण था। इसने एक महान् व्यक्ति के रूप में उसकी प्रतिष्ठा को मजबूत किया, जिससे उसका नाम आपराधिक कथा के इतिहास में हमेशा के लिए दर्ज हो गया। फिर भी, यह उसके कारनामों से होनेवाली संपार्श्विक क्षति और नैतिक कीमत की याद दिलाने के रूप में भी काम करता है।

□

17
अप्रत्याशित प्रेम-प्रसंग

नटवरलाल—रहस्यमय ठग—एक ऐसा व्यक्ति था, जो अपने धोखे और चालाकी के लिए जाना जाता था। हालाँकि, उसके दु:साहसिक अपराध की पृष्ठभूमि के बीच एक अप्रत्याशित प्रेम-प्रसंग सामने आया, जिसने नटवरलाल के उस पक्ष को उजागर किया, जिसे बहुत कम लोगों ने कभी देखा था।

नटवरलाल की दुनिया हमेशा योजनाओं और धोखे के इर्द-गिर्द घूमती थी, जिसमें व्यक्तिगत संबंधों के लिए बहुत कम जगह थी। लेकिन भाग्य का चालाकी करने का एक तरीका था और इसने उसे मीरा के साथ रास्ते में आने के लिए प्रेरित किया, जो एक बुद्धिमान व आकर्षक महिला थी, जिसके पास एक तेज दिमाग और भावना थी, जो उससे मेल खाती थी।

उनका आमना-सामना सामान्य था। मीरा, एक खोजी पत्रकार, को नटवरलाल की आपराधिक गतिविधियों के पीछे की सच्चाई को उजागर करने का काम सौंपा गया था। मायावी ठग से आकर्षित होकर उसने उसकी दुनिया में गहराई से प्रवेश किया, उसके रहस्यों की पेचीदगियों को उजागर किया और नटवरलाल के रहस्य को समझने का प्रयास किया।

जैसे-जैसे मीरा ने नटवरलाल के जीवन को गहराई से देखा, उसे एक ऐसा व्यक्ति मिला, जो न केवल लालच और धोखे से प्रेरित था, बल्कि साहस और बौद्धिक कौशल की भावना से भी प्रेरित था। जितना अधिक उसने सीखा,

उतना ही अधिक उसने खुद को फैंटम कॉनमैन को बनानेवाली जटिल परतों से मोहित पाया।

दूसरी ओर, नटवरलाल मीरा की दृढ़ता, बुद्धिमत्ता और अटूट दृढ़ संकल्प की ओर आकर्षित हो गया। उसने उसमें एक आत्मीय भावना देखी—एक ऐसा व्यक्ति, जो खेल के रोमांच और सही व गलत के बीच की धुँधली रेखाओं को समझता था। पहली बार नटवरलाल ने खुद को अपनी बनाई दुनिया और उसके भीतर पनपने लगी अप्रत्याशित भावनाओं के बीच फँसा हुआ पाया।

उनका रिश्ता आकर्षण और साजिश का एक अनुठा संगम था, जो अनिश्चितता और परस्पर विरोधी वफादारी के क्षणों से भरा था। मीरा को एक पत्रकार के रूप में अपने कर्तव्य और नटवरलाल के प्रति अपने बढ़ते प्रेम के साथ संघर्ष करना पड़ा। उसने खुद को अपने पेशेवर दायित्वों और कुख्यात ठग के पीछे के आदमी को उजागर करने की इच्छा के बीच फँसा हुआ पाया।

नटवरलाल भी अपनी परस्पर विरोधी भावनाओं से जूझ रहा था। उसने व्यक्तिगत संबंधों को हमेशा कमजोरियों के रूप में देखा था—संभावित कमजोरियों के रूप में, जिनका उसके दुश्मनों द्वारा लाभ उठाया जा सकता था। लेकिन मीरा उसके बचाव में सेंध लगाने में कामयाब रही, जिससे उसका एक हिस्सा जाग गया, जिसे वह लंबे समय से निष्क्रिय समझता था।

जैसे-जैसे उनका रिश्ता गहरा होता गया, नटवरलाल के बारे में मीरा की समझ विकसित होती गई। उसने महसूस किया कि फैंटम कॉनमैन के मुखौटे के नीचे एक आदमी था, जो रोमांच की भूख, ज्ञान की प्यास तथा अपने जीवन में कुछ और सार्थक करने की इच्छा से प्रेरित था। उसने नटवरलाल में असुरक्षा और लालसा की झलक देखी—एक ऐसा पक्ष, जो किसी और ने कभी नहीं देखा था।

नटवरलाल और मीरा के बीच प्रेम-संबंध एक नाजुक संतुलन था, विश्वास और धोखे के बीच एक रस्सी पर चलना! उन्होंने चुराए गए

पलों, गुप्त मुलाकातों और हार्दिक बातचीत को साझा किया, जो उनकी संबंधित भूमिकाओं की सीमाओं को पार कर गए। एक-दूसरे की बाँहों में उन्हें सांत्वना मिली और उन्हें चारों ओर से घिरे धोखे के जाल से मुक्ति मिली। लेकिन उनका प्रेम-संबंध चुनौतियों से रहित नहीं था। दोनों की दुनिया टकरा गईं और उनके कार्यों के परिणामों से उनके द्वारा स्थापित नाजुक संतुलन के बिखरने का खतरा पैदा हो गया। सत्य की खोज का प्रेम की खोज से टकराव हुआ, जिससे उन्हें कठिन विकल्पों और पीड़ादायी बलिदानों का सामना करना पड़ा।

अंत में, मीरा ने नटवरलाल की असली पहचान को दुनिया के सामने उजागर करने का निर्णय लिया—एक ऐसा कदम, जो उनके संबंध को हमेशा के लिए तोड़ देगा और नटवरलाल को कानून की पूरी ताकत के सामने उजागर कर देगा! यह एक दर्दनाक विकल्प था, जो न्याय और सच्चाई के प्रति उनकी अटूट प्रतिबद्धता से प्रेरित था। उनका आपस में साझा किया गया प्यार एक कड़वी याद बन गया, जो अराजकता के बीच खुशी के एक संक्षिप्त क्षण की याद दिलाता था।

नटवरलाल और मीरा के बीच अप्रत्याशित प्रेम-संबंध ने उन दोनों के जीवन पर एक अमिट छाप छोड़ी। यह एक अनुस्मारक था कि अँधेरे के बीच भी, प्यार आत्मा को प्रकाशित करने का रास्ता खोज सकता है। इसने मानवीय भावनाओं की जटिलताओं, जुड़ाव की शक्ति और सत्य की खोज में कभी-कभी किए जानेवाले बलिदानों को प्रदर्शित किया।

जैसे ही नटवरलाल ने अप्रत्याशित प्रेम-संबंध पर विचार किया, वह आश्चर्यचकित हुए बिना नहीं रह सका कि क्या इसने उसे बदल दिया था! अनुभव ने उसके भीतर एक असुरक्षा, भौतिक धन और क्षणभंगुर जीत से अधिक कुछ पाने की लालसा को प्रकट किया था। इससे उनके द्वारा चुने गए विकल्पों और अपने पीछे छोड़ी जाने वाली विरासत पर सवाल उठने लगे।

अप्रत्याशित प्रेम-प्रसंग की कहानी ने नटवरलाल उर्फ मिथिलेश

कुमार श्रीवास्तव की कहानी में एक नया आयाम जोड़ दिया। इसने दुनिया को याद दिलाया कि जो लोग छाया में रहते हैं, जटिल धोखे रचते हैं, वे भी प्रेम की शक्ति और उनके जीवन पर पड़नेवाले गहरे प्रभाव से अछूते नहीं हैं।

जैसे-जैसे नटवरलाल ने भाग-दौड़ भरी जिंदगी जारी रखी, प्रेम-प्रसंग की यादें सताती रहीं; उसे यह अहसास हुआ कि फैंटम कॉनमैन भी मन की जटिलताओं से बच नहीं सकता।

□

18
सिर की कीमत

नटवरलाल उर्फ मिथिलेश कुमार श्रीवास्तव, मास्टर ठग, हमेशा कानून के दायरे में रहकर काम करता था। लेकिन जैसे-जैसे उसके कारनामों को बदनामी मिली और उसका दु:साहस नई ऊँचाइयों पर पहुँचा, उसके सिर की कीमत तेजी से बढ़ती गई।

नटवरलाल दुनिया भर में कानून प्रवर्तन एजेंसियों के लिए एक काँटा बन गया था। उसकी दु:साहसी साजिश, विस्तृत धोखे और पकड़ से बचने की क्षमता ने उसे अपने समय के सबसे मायावी अपराधियों में से एक के रूप में ख्याति दिलाई थी। सरकारों और अंतरराष्ट्रीय संगठनों ने उसके धोखे के शासन को समाप्त करने की उम्मीद में उसके सिर पर एक महत्त्वपूर्ण कीमत रखी।

नटवरलाल की बढ़ती तलाश में इंटरपोल, एफ.बी.आई. और राष्ट्रीय पुलिस बलों सहित विभिन्न कानून प्रवर्तन एजेंसियों का सहयोग शामिल था। उसे पकड़ने के लिए सूचना देने के लिए पुरस्कार की पेशकश की गई और उसकी छवि दुनिया भर के पुलिस स्टेशनों एवं हवाई अड्डों पर वांछित पोस्टरों पर दिखाई दी।

नटवरलाल को न्याय के कठघरे में लाने के प्रयासों में उसके कार्यों के विशाल पैमाने और अनुकूलन करने तथा पहचान से बचने की उसकी क्षमता के कारण बाधा उत्पन्न हुई। उसने कई देशों में काम किया, कानूनी खामियों

का लाभ उठाया और अंतरराष्ट्रीय कानून प्रवर्तन सहयोग की जटिलताओं का भी लाभ उठाया। उसकी आपराधिक गतिविधियों की वैश्विक प्रकृति ने उसकी तलाश में जटिलता की परतें जोड़ दीं, जिससे प्रयासों में समन्वय करना और उसकी गतिविधियों पर नजर रखना मुश्किल हो गया।

कानून प्रवर्तन एजेंसियों ने नटवरलाल के ठिकाने के बारे में जानकारी इकट्ठा करने के लिए खुफिया नेटवर्क, मुखबिरों और परिष्कृत निगरानी तकनीक पर भरोसा किया। उसने उसके पैटर्न का विश्लेषण किया, उसके तरीकों का अध्ययन किया और उसके अगले कदम का अनुमान लगाने का प्रयास किया। लेकिन विभिन्न वातावरणों में घुलने-मिलने, नई पहचान अपनाने और धारणाओं में हेर-फेर करने की नटवरलाल की क्षमता ने उसके वास्तविक स्थान का पता लगाना चुनौतीपूर्ण बना दिया।

जैसे-जैसे नटवरलाल की हिम्मत बढ़ती गई और साथ ही उसकी बदनामी भी बढ़ती गई, कानून प्रवर्तन एजेंसियों पर उसे पकड़ने का दबाव बढ़ता गया। सरकारों को जनता की राय का महत्त्व महसूस हुआ, क्योंकि उसकी तलाश राष्ट्रीय गौरव का विषय बन गई और कानून के शासन को बनाए रखने की उनकी क्षमता की परीक्षा बन गई। कानून प्रवर्तन एजेंसियों की प्रतिष्ठा दाँव पर थी, क्योंकि नटवरलाल को पकड़ने में उनकी विफलता ने उनकी विश्वसनीयता और अधिकार को कमजोर कर दिया था।

नटवरलाल की तलाश में लगाए गए विशाल संसाधन उस गंभीरता को दरशाते हैं, जिसके साथ अधिकारी उसकी आपराधिक गतिविधियों को देखते थे। टास्क फोर्स की स्थापना की गई, समर्पित इकाइयाँ बनाई गईं और राष्ट्रों के बीच खुफिया जानकारी साझा करना अभूतपूर्व स्तर पर पहुँच गया। मायावी ठग की तलाश समय के विरुद्ध एक दौड़ बन गई। कानून प्रवर्तन एजेंसियों ने उसके धोखे के शासन को समाप्त करने के लिए दृढ़ संकल्प लिया।

बढ़ते दबाव से अवगत नटवरलाल को लगातार सतर्क रहना पड़ा। वह जानता था कि एक गलती से उसे पकड़ा जा सकता था और उसके आपराधिक साम्राज्य का अंत हो सकता था। उसने अपने अनुयायियों से एक

कदम आगे रहने के लिए धोखे में अपने कौशल, अनुकूलनशीलता और एक विश्वसनीय नेटवर्क की सहायता पर भरोसा किया।

तलाशी अभियान की गतिशीलता ने नटवरलाल के आंतरिक दायरे में भ्रम और अविश्वास का माहौल पैदा कर दिया। विश्वासघात और प्रस्ताव पर पर्याप्त इनामों के लालच के डर से सहयोगी एक-दूसरे पर संदेह करने लगे। इस आंतरिक तनाव ने उसके कार्यों में जटिलता की एक और परत जोड़ दी, क्योंकि उसे वफादारी और आत्म-संरक्षण के विश्वासघाती पानी से गुजरना पड़ा।

नटवरलाल की वैश्विक तलाश वर्षों तक चली, छिट-पुट नजरियों और झूठे सुरागों से उसके पकड़े जाने की उम्मीद जागी। कानून प्रवर्तन एजेंसियों ने उन रास्तों का अनुसरण किया, जो गतिरोध की ओर ले गए, उसके धोखे के जाल को सुलझाने के लिए संघर्ष किया और फैंटम कॉनमैन से एक कदम आगे रहने की लगातार चुनौती का सामना किया।

लगातार पीछा करने के बावजूद नटवरलाल लंबे समय तक पकड़ से बचने में कामयाब रहा। अपनी उपस्थिति में हेर-फेर करने, दस्तावेज बनाने और कानून प्रवर्तन प्रणालियों की कमजोरियों का फायदा उठाने की उसकी क्षमता अद्वितीय रही। उसकी पकड़ के लिए इनाम का दावा नहीं किया गया और उसके ठिकाने से जुड़ा रहस्य जनता की कल्पना को मोहित करता रहा।

नटवरलाल के सिर की कीमत उसके आपराधिक कारनामों की भयावहता और उसे पकड़ने में कानून प्रवर्तन एजेंसियों के सामने आनेवाली चुनौतियों का प्रमाण थी। इसने एक ऐसे व्यक्ति के लचीलेपन एवं दु:साहस को उजागर किया, जो आपराधिक अंडरवर्ल्ड में एक किंवदंती बन गया था।

जैसे-जैसे साल बीतते गए, नटवरलाल की तलाश बढ़ती गई और उसकी खोज की गतिशीलता बदल गई। लेकिन फैंटम कॉनमैन की किंवदंती हमेशा उसका अथक पीछा करने, बढ़ते दबाव और उसके सिर पर अत्यधिक कीमत से जुड़ी रही।

नटवरलाल की तलाश ने अंतरराष्ट्रीय अपराध की जटिलताओं और अंतरराष्ट्रीय सहयोग की सीमाओं को सामने ला दिया। इसने एक सख्त अनुस्मारक के रूप में कार्य किया कि सबसे दु:साहसी अपराधियों को भी न्याय के कठघरे में लाया जा सकता है; लेकिन केवल अटूट दृढ़ संकल्प, निरंतर प्रयास और दुनिया भर में कानून प्रवर्तन एजेंसियों के सहयोग के माध्यम से।

लेकिन नटवरलाल अभी भी भाग रहा था, पकड़ से बच रहा था और कानून प्रवर्तन एजेंसियों की उस पहेली से जूझ रहा था, जो फैंटम कॉनमैन को मिली थी। उसके सिर की कीमत लावारिस बनी रही, जो कानून की सीमाओं को चुनौती देने का साहस करनेवालों के सामने आनेवाली चुनौतियों की याद दिलाती है। नटवरलाल की तलाश जारी रही, साथ ही उस मायावी ठग के आसपास साजिश और आकर्षण भी जारी रहा।

□

19

स्याह पक्ष

दुः साहसिक साजिशों और जटिल धोखे के मुखौटे के पीछे नटवरलाल उर्फ मिथिलेश कुमार श्रीवास्तव का एक स्याह पक्ष था। एक ऐसा पक्ष, जो उसके कार्यों के परिणामों और उसके द्वारा प्रभावित जीवन से कलंकित था।

नटवरलाल की गलतियों के दूरगामी परिणाम हुए, जो वित्तीय नुकसान से भी आगे बढ़ गए। उसकी योजनाएँ टूटे हुए जीवन, टूटे हुए सपनों और बरबाद प्रतिष्ठा का निशान छोड़ गईं। उसके धोखे के शिकार लोग भावनात्मक रूप से आहत हो गए थे और उसकी विस्तृत साजिश के बाद अपने जीवन को फिर से सँवारने के लिए संघर्ष कर रहे थे।

नटवरलाल की योजनाओं का शिकार बननेवाले व्यवसायों को महत्त्वपूर्ण वित्तीय असफलताओं का सामना करना पड़ा। निवेश, राजस्व और विश्वास की हानि का व्यापक प्रभाव पड़ा, जिससे छँटनी, दिवालियापन और आजीविका का विनाश हुआ। नटवरलाल के कार्यों का प्रभाव कर्मचारियों, आपूर्तिकर्ताओं और व्यापक समुदाय तक फैल गया, जिससे प्रभावित लोगों के आर्थिक ताने-बाने पर स्थायी प्रभाव पड़ा।

नटवरलाल के गिरोह ने कमजोर लोगों को अपना शिकार बनाया; उनकी आशाओं, सपनों और आकांक्षाओं का शोषण किया। उनके पीड़ितों में से कई ऐसे व्यक्ति थे, जो बेहतर भविष्य की तलाश में थे, अपने जीवन

की बचत का निवेश कर रहे थे या एक अवसर की तलाश में अपने घरों को गिरवी रख रहे थे, जो एक भ्रम से ज्यादा कुछ नहीं निकला। उन व्यक्तियों पर भावनात्मक आघात अथाह था, क्योंकि उन्हें विनाशकारी अहसास का सामना करना पड़ा था कि उनके साथ विश्वासघात किया गया था और उन्हें धोखा दिया गया था।

नटवरलाल के पीड़ितों के व्यक्तिगत संबंधों को भी नुकसान हुआ। परिवार टूट गए, क्योंकि उनकी वित्तीय सुरक्षा कर्ज के बोझ तले ढह गई। शादियाँ तनावपूर्ण हो गईं, मित्रता टूट गई और विश्वास खत्म हो गया। नटवरलाल की हरकतों से हुए भावनात्मक घाव अकसर गहरे तथा लंबे समय तक बने रहनेवाले होते थे और अगर ठीक होते भी थे तो उन्हें ठीक होने में कई साल लग जाते थे।

अपने नुकसान के तात्कालिक पीड़ितों से परे नटवरलाल के कार्यों के व्यापक सामाजिक निहितार्थ थे। वित्तीय संस्थानों में विश्वास का क्षरण, निवेश के अवसरों के प्रति संदेह और बहुत अच्छे-से-अच्छे अवसरों की पेशकश करनेवाले करिश्माई व्यक्तियों के प्रति सावधानी उनकी कुख्याति के मद्देनजर प्रचलित हो गई। उसके धोखे का प्रभाव पूरे समाज में फैल गया, जिससे सावधानी और संदेह का माहौल पैदा हो गया।

नटवरलाल की आपराधिक गतिविधियों का उन देशों की प्रतिष्ठा पर भी गहरा प्रभाव पड़ा, जहाँ वह काम करता था। उसके दुःसाहस और कानूनी खामियों एवं कानून प्रवर्तन प्रणालियों में कमजोरियों का फायदा उठाने की उसकी क्षमता ने शासन की प्रभावशीलता और न्याय प्रणाली के भीतर कमजोरियों पर सवाल उठाए। इससे उन देशों की छवि को नुकसान हुआ, क्योंकि अंतरराष्ट्रीय अपराध से निपटने की उनकी क्षमता पर सवाल उठाया गया।

नटवरलाल की हरकतों का असर उसके पीड़ितों तक ही सीमित नहीं था। उसके अपने मानस पर उनकी पसंद का, लगातार धोखे में जिए गए जीवन के परिणामों का बोझ था। झूठे दिखावे बनाने, अलग-अलग

पहचान अपनाने और झूठ की दुनिया में घूमने की निरंतर आवश्यकता ने उसके मानसिक व भावनात्मक कल्याण पर असर डाला। ठग के मुखौटे के पीछे अपराध-बोध से दबा हुआ एक व्यक्ति था, जो अपने कार्यों के परिणामों से परेशान था।

अपनी बुराइयों के स्याह पक्ष के बावजूद वह अपनी स्वयं की आचार-संहिता से रहित नहीं था। उसने हिंसा और शारीरिक नुकसान से परहेज किया। इसके बजाय उसने कमजोरियों का फायदा उठाने और धारणा में हेर-फेर करने पर ध्यान केंद्रित किया। यह नैतिकता की एक विकृत भावना थी, जो उसके कार्यों को पीड़ा-रहित अपराध के रूप में उचित ठहराती थी; जबकि जिन लोगों को उसने धोखा दिया था, उन पर पड़नेवाले गहरे प्रभाव को नजरअंदाज कर देती थी।

नटवरलाल की यात्रा एक सतर्क कहानी के रूप में कार्य करती है, जो धोखे और चालाकी के जीवन के साथ होनेवाले गंभीर परिणामों की याद दिलाती है। घोटाले के स्याह पक्ष को नजरअंदाज नहीं किया जा सकता, क्योंकि यह प्रभावित लोगों के जीवन पर अमिट छाप छोड़ता है। यह हमें उन नैतिक दुविधाओं और नैतिक धूसर क्षेत्रों का सामना करने के लिए मजबूर करता है, जो तब उत्पन्न होते हैं, जब रेखाएँ धुँधली हो जाती हैं, और व्यक्तिगत लाभ की खोज दूसरों की भलाई पर हावी हो जाती है।

यह एक अनुस्मारक है कि धोखाधड़ी का आकर्षण एक कीमत पर आता है, जिसकी कीमत उन निर्दोष पीड़ितों द्वारा चुकाई जाती है, जो खुद को धोखे के जाल में उलझा हुआ पाते हैं। नटवरलाल के आपराधिक कारनामों का स्याह पक्ष हमेशा उसकी पसंद के कारण होनेवाली अपरिवर्तनीय क्षति की याद दिलाता रहेगा।

□

20
छाया का पीछा

नटवरलाल की तलाश अपने चरम पर पहुँच गई, क्योंकि कानून प्रवर्तन एजेंसियों ने उसे न्याय के कठघरे में खड़ा करने के लिए अपने प्रयासों को दोगुना कर दिया। टास्क फोर्स को इकट्ठा किया गया, अंतरराष्ट्रीय सहयोग तेज किया गया और मायावी ठग को पकड़ने के लिए संसाधन झोंके गए। फिर भी, हर मोड़ पर नटवरलाल उनकी उँगलियों से फिसलता नजर आया, जिससे अधिकारियों को परछाईं का इंतजार करना पड़ा।

नटवरलाल की खोज में कानून प्रवर्तन एजेंसियों को महाद्वीपों और अनगिनत न्यायालयों से होकर गुजरना पड़ा। मुखबिरों और संबंधित नागरिकों से सुझाव व सुराग मिलते रहे; लेकिन फैंटम कॉनमैन एक कदम आगे रहा व अपने पीछे भ्रम और हताशा का निशान छोड़ गया। अधिकारी जितना अधिक उसका पीछा करते गए, वह उतना ही अधिक मायावी होता गया।

वैश्विक कानून प्रवर्तन नेटवर्क में नटवरलाल की कमजोरियों को अनुकूलित करने और उनका लाभ उठाने की क्षमता तेजी से स्पष्ट हो गई। उसने अपने अनुयायियों से एक कदम आगे रहने के लिए कानूनी खामियों में हेर-फेर किया, झूठी पहचान का इस्तेमाल किया और परिष्कृत चोरी की रणनीति अपनाई। प्रत्यर्पण कानूनों और अंतरराष्ट्रीय सहयोग की सीमाओं के बारे में उसका ज्ञान सिस्टम में भूत बने रहने की उसकी खोज में अमूल्य साबित हुआ।

यह पीछा कानून प्रवर्तन एजेंसियों को आपराधिक अंडरवर्ल्ड के सबसे अँधेरे कोनों में ले गया, जहाँ उन्हें नटवरलाल के सहयोगियों के नेटवर्क का सामना करना पड़ा, जिनमें से प्रत्येक अपने नेता की रक्षा के लिए निष्ठावान और समर्पित थे। इन मुठभेड़ों के परिणामस्वरूप अकसर गतिरोध, झूठे रास्ते और कभी-कभार हिंसा होती थी, जिससे पीछा करने की जटिलता एवं खतरा और बढ़ जाता था।

एक दुःसाहसी ठग के रूप में नटवरलाल की प्रतिष्ठा हर बार भागने के साथ बढ़ती गई, जिससे जनता का आकर्षण बढ़ता गया और उसके नाम की कहानियाँ बढ़ती गईं। मीडिया ने तलाशी अभियान पर करीब से नजर रखी और लगभग चूक होने, साहसपूर्वक भागने तथा कानून प्रवर्तन की हताशा पर रिपोर्टिंग की। फैंटम कॉनमैन एक पौराणिक व्यक्ति, चालाक और चोरों का प्रतीक बन गया था।

जैसे-जैसे साल बीतते गए, इस पीछा दौड़ ने इसमें शामिल लोगों पर प्रभाव डाला। उनमें थकावट आ गई और नटवरलाल को पकड़ने का शुरुआती संकल्प डगमगाने लगा। यह अहसास हुआ कि शायद कुछ परछाइयाँ अछूती रहने के लिए ही बनी थीं कि नटवरलाल एक प्रेत था, जिसे कभी भी पूरी तरह से नहीं पकड़ा जा सकता!

नटवरलाल की खोज एक अपराधी को पकड़ने के मिशन से कहीं अधिक हो गई; यह इच्छा-शक्ति की परीक्षा बन गई। इसने कानून प्रवर्तन एजेंसियों के समर्पण और संसाधनशीलता को चुनौती दी। फिर भी, जैसे-जैसे पीछा आगे बढ़ता गया, ध्यान नटवरलाल को पकड़ने से हटकर उस मायावी व्यक्तित्व के पीछे के आदमी को समझने पर केंद्रित होने लगा।

कानून प्रवर्तन एजेंसियों ने नटवरलाल की पृष्ठभूमि, उसकी प्रेरणाओं और उसके आपराधिक साम्राज्य के जटिल जाल की जाँच की। उन्होंने उसके तरीकों का विश्लेषण किया, उसके पैटर्न का अध्ययन किया और एक मास्टर मैनिपुलेटर के दिमाग को समझने की कोशिश की। यह खोज नटवरलाल के रहस्य को उजागर करने की एक कवायद बन गई—धोखे की परतों के नीचे छिपी सच्चाई की खोज!

जैसे-जैसे साल दशकों में बदलते गए, नटवरलाल की तलाश धीरे-धीरे सुर्खियों से गायब होती गई। एक बार की उत्कट खोज एक ठंडा मामला बन गई, जो आपराधिक कथा के इतिहास में दर्ज हो गई। फैंटम कॉनमैन की किंवदंती उन लोगों की सामूहिक स्मृति में हमेशा के लिए अंकित हो गई, जिन्होंने पीछा किया था।

नटवरलाल ने अपने हिस्से के लिए छाया में रहना जारी रखा—एक ऐसा भूत, जिसने समाज के हाशिए पर रहनेवालों को परेशान किया। उसका ठिकाना अज्ञात रहा। उसकी असली पहचान रहस्य में डूबी रही। वह एक भूत बन गया था—हमेशा के लिए पकड़ से दूर और हमेशा के लिए अदम्य छाया का रूप धारण कर लेता था।

नटवरलाल उर्फ मिथिलेश कुमार श्रीवास्तव की कहानी मानवीय भावना की जटिलताओं, धोखे की शक्ति और एक अप्राप्य लक्ष्य की खोज की याद दिलाती है। यह एक ऐसी कहानी है, जो न्याय के बारे में हमारी धारणाओं को चुनौती देती है, कानून प्रवर्तन की सीमाओं के बारे में सवाल उठाती है, अदालत के कठघरे और हमें उन लोगों की रहस्यमय प्रकृति का सामना करने के लिए मजबूर करती है, जो गुमनामी में काम करते हैं। एक अनुस्मारक की कुछ परछाइयों का पीछा नहीं किया जा सकता है और कुछ रहस्यों का अनसुलझा रहना तय है। फैंटम कॉनमैन की खोज अदम्य मानवीय भावना, उत्तर खोजने के दृढ़ संकल्प और पकड़ से दूर रहनेवालों के भयावह आकर्षण के प्रमाण के रूप में खड़ी थी।

□

21
अंतिम पलायन

वर्षों तक पकड़ से दूर रहने के बाद नटवरलाल की तलाश रुक गई थी। कानून प्रवर्तन एजेंसियों ने अपने संसाधनों को समाप्त कर दिया था और खोज केवल अटकलों एवं दूर की यादों तक ही सीमित रह गई थी। लेकिन धोखे में माहिर नटवरलाल के पास अब एक अंतिम कार्य बाकी था—एक ऐसा कार्य, जो अपराध की दुनिया में एक महान् व्यक्ति के रूप में उसकी स्थिति को मजबूत करता।

अंतिम पलायन सावधानीपूर्वक तैयार की गई एक योजना के साथ शुरू हुआ। नटवरलाल ने अपने वफादार सहयोगियों के नेटवर्क पर भरोसा किया, जिनमें से प्रत्येक ने दुःसाहसिक योजना को कार्यान्वित करने में महत्त्वपूर्ण भूमिका निभाई। जाली दस्तावेज हासिल करने से लेकर ध्यान भटकानेवाली योजना बनाने तक हर विवरण को सावधानीपूर्वक व्यवस्थित किया गया था, ताकि यह सुनिश्चित किया जा सके कि उसका गायब होना किसी शानदार घटना से कम नहीं होगा।

अंतरराष्ट्रीय कानून प्रवर्तन सहयोग के अपने व्यापक ज्ञान का प्रयोग करते हुए नटवरलाल ने अपने लाभ के लिए प्रत्यर्पण संधियों की सीमाओं और क्षेत्राधिकार संबंधी जटिलताओं का लाभ उठाया। वह जानता था कि सीमाओं को पार करके वह अधिकारियों को अपने रास्ते से हटा सकता है और अपनी भागने की योजना को कार्यान्वित करने के लिए खुद के लिए कीमती समय खरीद सकता है।

भागने की रात समन्वित गतिविधियों और परिकलित जोखिमों की झड़ी थी। जबकि कानून प्रवर्तन एजेंसियों ने पुराने सुरागों और गलत नजरियों पर ध्यान केंद्रित किया, नटवरलाल अपने पीछा करनेवालों को भ्रमित करने के लिए सावधानीपूर्वक तैयार किए गए ब्रेडक्रंब का निशान छोड़कर भाग गया। यह बिल्ली और चूहे का खेल था, और फैंटम कॉनमैन उन लोगों को मात देने के रोमांच में आनंदित था, जो उसे अदालत के कठघरे में खड़ा करने की माँग कर रहे थे।

नटवरलाल का भागना उसे पिछली गलियों, छिपे हुए सुरक्षित घरों और गुप्त परिवहन नेटवर्क की भूलभुलैया से होकर ले गया। विभिन्न वातावरणों में घुलने-मिलने, नई पहचान अपनाने और हमेशा बदलती परिस्थितियों के अनुकूल ढलने की उसकी क्षमता ने छायादार अंडरवर्ल्ड को पार करने में उसकी अच्छी मदद की। उसका भागना धोखे का नृत्य बन गया। वह हमेशा उन लोगों से एक कदम आगे रहता था, जो उसका पीछा करते थे।

जैसे-जैसे दिन हफ्तों में और हफ्ते महीनों में बदलते गए, नटवरलाल के भागने की खबर ने कानून प्रवर्तन एजेंसियों और जनता को समान रूप से सदमे में डाल दिया। जैसे-जैसे उसके ठिकाने के बारे में अफवाहें व अटकलें फैलती गईं, फैंटम कॉनमैन की किंवदंती बढ़ती गई। कुछ लोगों का मानना था कि वह हवा में गायब हो गया है। दूसरों ने अनुमान लगाया कि उसने एक नई पहचान बना ली है, जबकि कुछ ने यह भी दावा किया कि उसने अपराधिक जीवन से संन्यास ले लिया है।

हालाँकि, नटवरलाल अपने अंतिम पलायन में सफल हो गया था, लेकिन उसने जो कीमत चुकाई, वह बहुत बड़ी थी। उसने अपने प्रियजनों से नाता तोड़ लिया था, अपने परिचित जीवन को त्याग दिया था और गुमनामी में चला गया था। उसके इस पलायन से एक युग का अंत हो गया। नटवरलाल उर्फ मिथिलेश कुमार श्रीवास्तव के जीवन का एक अध्याय समाप्त हो गया।

जैसे-जैसे साल बीतते गए, नटवरलाल का नाम दुःसाहस, चालाकी और आपराधिक अंडरवर्ल्ड की अदम्य भावना का पर्याय बन गया।

उसकी कहानी बताई और दोहराई गई। उसके कारनामे पुस्तकों, फिल्मों और लोककथाओं में अमर हो गए। वह सत्ता के खिलाफ विद्रोह का प्रतीक बन गया था—एक ऐसा व्यक्तित्व, जिसने जनता की कल्पना को मोहित और मंत्रमुग्ध कर दिया था।

नटवरलाल का अंतिम पलायन मानवीय भावना के लचीलेपन, व्यवस्था को चुनौती देने का साहस करनेवालों के दुःसाहस और अज्ञात के आकर्षण की याद दिलाता है। इसने न्याय की धारणाओं को चुनौती दी और समाज को कानून प्रवर्तन की सीमाओं पर सवाल उठाने के लिए मजबूर किया। उसके इस पलायन ने नटवरलाल की कहानी में एक खालीपन छोड़ दिया—एक अनुत्तरित प्रश्न, जो उन लोगों के दिमागों में हमेशा रहेगा, जिन्होंने उसकी मनोरम कहानी का अनुसरण किया था।

अंतिम पलायन ने आपराधिक कथा के इतिहास में उसका नाम दर्ज कर दिया और हमेशा के लिए एक रहस्य छोड़ दिया, जो साजिशपूर्ण एवं रहस्यमय बना हुआ है।

□

22
मास्टरमाइंड का पर्दाफाश

नटवरलाल, जिसे कई नामों व उपनामों से जाना जाता है, सिर्फ एक ठग से कहीं अधिक था। वह एक मास्टरमाइंड, एक रणनीतिक विचारक और एक शानदार जोड़-तोड़ करनेवाला व्यक्ति था। उसके आकर्षक मुखौटे के पीछे एक जटिल दिमाग छिपा था, जो स्थितियों का विश्लेषण कर सकता था, कमजोरियों का फायदा उठा सकता था और मानव मनोविज्ञान के जटिल जाल को खँगाल सकता था।

नटवरलाल के आपराधिक कारनामे केवल व्यक्तिगत लाभ के लिए नहीं थे। वे उसकी बौद्धिक क्षमता और चुनौती तथा रोमांच के प्रति उसकी अतृप्त भूख के प्रमाण थे। उसने प्रत्येक ठगी को हल करने के लिए एक पहेली, खेले जानेवाले खेल और अपनी क्षमताओं की सीमाओं का परीक्षण करने के अवसर के रूप में देखा।

अपने पूरे कॅरियर के दौरान नटवरलाल ने अपने कौशल को निखारा और अपनी तकनीकों को परिष्कृत किया तथा हमेशा जो संभव था, उसकी सीमाओं को आगे बढ़ाया। उसने धोखे की कला को अपनाया, मानव-व्यवहार का अध्ययन किया तथा विश्वास और हेर-फेर की बारीकियों को समझा। लोगों को पढ़ने, उनकी प्रतिक्रियाओं का अनुमान लगाने और उसकी कमजोरियों का फायदा उठाने की उनकी क्षमता उसका सबसे बड़ा हथियार बन गई।

नटवरलाल द्वारा रचा गया षड्यंत्र जटिल और योजनाबद्ध था। उसने सटीकता के साथ काम किया और कोई भी विवरण छूटने नहीं दिया। जाली दस्तावेज बनाने और वित्तीय प्रणालियों में हेर-फेर करने तथा हाई-प्रोफाइल संगठनों में घुसपैठ करने के लिए विस्तृत बैकस्टोरी बनाने से लेकर हर कदम की गणना उसके लाभ को अधिकतम करने और पहचाने जाने के जोखिम को कम करने के लिए की गई थी।

नटवरलाल की सबसे कुख्यात साजिशों में से एक 'सदी की बैंक डकैती' थी। इस दुःसाहसिक योजना में उसने अंतरराष्ट्रीय सीमाओं के पार कई बैंकों से लाखों डॉलर निकालने के लिए धोखे, तकनीकी विशेषज्ञता और बैंकिंग प्रणालियों के अपने ज्ञान के संयोजन का उपयोग किया। डकैती ने अधिकारियों को चकित कर दिया और वित्तीय संस्थान इस चोरी की भयावहता से घबरा गए।

नटवरलाल की प्रतिभा वित्तीय घोटालों से भी आगे बढ़ी। वह कला जालसाजी में अपनी विशेषज्ञता, अमूल्य उत्कृष्ट कृतियों की सफलतापूर्वक नकल करने और उन्हें काले बाजार में बेचने के लिए जाना जाता था। विस्तार पर उसका ध्यान, तकनीक में महारत और प्रसिद्ध कलाकारों की शैली की नकल करने की क्षमता ने उसकी जालसाजी को लगभग अभेद्य बना दिया था।

नटवरलाल के दिमाग की असली जटिलता उसके मानव मनोविज्ञान के हेर-फेर से सामने आती है। उसने धारणा की शक्ति और उसके विपक्ष में उसकी भूमिका को समझा। झूठे दिखावे बनाकर, अलग-अलग पहचान मानकर व अपने लक्ष्य की इच्छाओं और कमजोरियों का लाभ उठाकर वह वास्तविकता को अपनी कथा के अनुरूप मोड़ सकता था। वह समझ गया कि सबसे बड़ी धोखाधड़ी स्वयं कार्य नहीं थी, बल्कि सत्य की धारणा को नियंत्रित करने की क्षमता थी।

हालाँकि, नटवरलाल की प्रेरणाएँ केवल व्यक्तिगत लाभ या खेल के रोमांच से प्रेरित नहीं थीं। धोखे के परदे के पीछे उसके भीतर मान्यता की गहरी

इच्छा थी। वह अपनी बुद्धि की स्वीकृति, अपने साथियों का सम्मान और यह अहसास चाहता था कि उसने दुनिया पर एक अमिट छाप छोड़ी है।

नटवरलाल उर्फ मिथिलेश कुमार श्रीवास्तव की विरासत आपराधिकता के दायरे से परे है। वह महज एक आम धोखेबाज नहीं था, बल्कि एक मास्टरमाइंड था, जिसने मानवीय धारणा की सीमाओं को चुनौती दी और चालाकी एवं बुद्धि के माध्यम से जो हासिल किया जा सकता था, उसकी सीमाओं को पार कर दिया।

जबकि नटवरलाल के कार्यों ने महत्त्वपूर्ण नुकसान पहुँचाया और बिखरी जिंदगियों का निशान छोड़ा। उसकी कहानी एक अनुस्मारक के रूप में कार्य करती है कि प्रतिभा सबसे अप्रत्याशित स्थानों में पाई जा सकती है। सबसे चतुर दिमागों को भी मात देने की उसकी क्षमता, बड़े सपने देखने का उसका दुःसाहस और असाधारण के प्रति उसकी अटूट खोज उसे उसके समकालीनों से अलग करती थी।

नटवरलाल के चरित्र का असली सार उसके अस्तित्व के द्वंद्व में निहित है—एक ऐसा व्यक्ति, जो नायक और खलनायक, बुद्धि और धोखे तथा प्रसिद्धि और बदनामी के बीच की रेखा को फैलाता है। वह एक जटिल व्यक्ति था, जो आपराधिक कथा के इतिहास में एक मास्टरमाइंड और एक पहेली—दोनों के रूप में हमेशा के लिए अंकित हो गया।

□

23
धोखे का जाल

नटवरलाल धोखे में माहिर था। वह झूठ का एक विस्तृत ताना-बाना बुनता था, जो बिना सोचे-समझे लोगों को अपने जटिल जाल में फँसा लेता था।

नटवरलाल की सबसे कुख्यात धोखाधड़ी में से एक 'रियल एस्टेट मिराज' थी। इस विस्तृत योजना में उसने संदिग्ध व्यक्तियों को आकर्षक संपत्तियों में निवेश करने के अवसर प्रदान किए, जो अस्तित्वहीन साबित हुए। जाली दस्तावेजों का प्रयोग करके नकली रियल एस्टेट एजेंटों के साथ बैठकों का मंचन और अच्छी तरह से गढ़ी गई एक कहानी का इस्तेमाल करके उसने अपने पीड़ितों को अपनी मेहनत की कमाई छोड़ने के लिए मना लिया और उन्हें वित्तीय बरबादी के जाल में फँसा दिया।

नटवरलाल के धोखे का जाल व्यक्तियों से आगे बढ़कर संस्थानों व संगठनों तक फैल गया। उसने निजी लाभ के लिए इन प्रतिष्ठानों के भरोसे का फायदा उठाते हुए हाई-प्रोफाइल कंपनियों, चैरिटी और यहाँ तक कि सरकारी संस्थाओं में भी घुसपैठ की। झूठी कहानियाँ बनाने, संबंध बनाने और धारणाओं में हेर-फेर करने की उसकी क्षमता ने उसे विशेषाधिकार प्राप्त जानकारी तक पहुँच प्राप्त करने और इन संगठनों के भीतर कमजोरियों का फायदा उठाने की अनुमति दी।

नटवरलाल की धोखाधड़ी के वित्तीय निहितार्थ चौंका देनेवाले थे। उसकी योजनाओं के परिणामस्वरूप उसके पीड़ितों और उसके द्वारा लक्षित संस्थानों

को करोड़ों रुपयों का नुकसान हुआ। उसके धोखे की जटिल परतों के कारण अधिकारियों के लिए धन का पता लगाना कठिन हो गया, जिससे चुराए गए धन को पुनर्प्राप्त करने के प्रयास और भी जटिल हो गए। नटवरलाल के धोखे के जाल से हुई आर्थिक तबाही के दूरगामी परिणाम हुए।

नटवरलाल की सबसे दु:साहसी साजिशों में से एक 'विरासत घोटाला' थी। इस विस्तृत योजना में उसने एक धनी दानकर्ता की पहचान बना ली, जिसका हाल ही में निधन हो गया था और जो अपने पीछे एक बड़ी विरासत छोड़ गया था। जाली दस्तावेजों, फर्जी कानूनी काररवाई और सहयोगियों के एक व्यापक नेटवर्क का उपयोग करके उसने अपने पीड़ितों को आश्वस्त किया कि वह विशाल संपत्ति का असली उत्तराधिकारी है; लेकिन वास्तव में, विरासत एक भ्रम, एक मृगतृष्णा से अधिक कुछ नहीं थी, जो जितनी जल्दी प्रकट हुई थी, उतनी ही तेजी से गायब भी हो गई।

नटवरलाल की मायावी किस्मत की खोज ने उसे धोखे के विभिन्न रास्ते तलाशने के लिए प्रेरित किया। हालाँकि, नटवरलाल ने अपने पूरे आपराधिक कॅरियर में काफी धनराशि जमा कर ली थी, इसके बावजूद वह जिस मायावी संपत्ति की तलाश में था, वह हमेशा उसकी पहुँच से बाहर लगती थी। उसने विलासिता एवं भोग-विलास से घिरा हुआ ऐश्वर्य का जीवन जिया; लेकिन और अधिक की अतृप्त इच्छा उसे आगे बढ़ाती रही। इससे कोई फर्क नहीं पड़ता कि उसने कितना कुछ हासिल कर लिया। वह धन और सत्ता की अपनी भूख को संतुष्ट करने के लिए कभी भी संतोषजनक नहीं था।

नटवरलाल के मायावी भाग्य के जुनून ने उसके निजी जीवन पर असर डाला। भौतिक लाभ की चाहत से रिश्ते लेन-देन वाले हो गए। उसने अपने आप को ऐसे लोगों से घेर रखा था, जो उसके कामों में उसकी सहायता कर सकते थे और अकसर अपने उद्देश्यों को आगे बढ़ाने के लिए धन की अपनी इच्छाओं में हेर-फेर करते थे। मायावी भाग्य में हिस्सेदारी का वादा उसके आसपास के लोगों को नियंत्रित करने और हेर-फेर करने का एक उपकरण बन गया।

जैसे-जैसे नटवरलाल को दौलत की चाह ने घेर लिया, वह अपनी ही महत्त्वाकांक्षा में अंधा होता गया। सही व गलत के बीच की सीमाएँ धुँधली हो गईं और एक आकर्षक ठग एक कठोर अपराधी में बदल गया, जो अपने लक्ष्यों को प्राप्त करने के लिए कुछ भी करने को तैयार था। मायावी भाग्य के लिए उसकी यात्रा ने उसे हमेशा के लिए उसके अतृप्त लालच के कारण बदनामी की छवि में बदल दिया था।

अपने आपराधिक कॅरियर के अंतिम पड़ाव में नटवरलाल को यह अहसास होने लगा कि जिस मायावी दौलत की तलाश में उसने जीवन भर धोखाधड़ी और भाग-दौड़ की, वह एक भ्रम से ज्यादा कुछ नहीं है। जो धन उसने अर्जित किया था, उससे उसे वह संतुष्टि नहीं मिली, जिसकी उसने कल्पना की थी। यह एक खोखली जीत थी, जिसका कोई अर्थ और पूर्ति नहीं थी। भौतिक लाभ की चाहत उसकी ईमानदारी, उसके रिश्तों और उसकी स्वयं की भावना की कीमत पर आई थी। धन एवं सत्ता की अतृप्त भूख उसे दुःसाहसिक पतन के मार्ग पर ले गई, जिसने उसके पीछे विनाश का मार्ग छोड़ दिया।

□

24
ठग के जीवन के सबक

नटवरलाल उर्फ मिथिलेश कुमार श्रीवास्तव पर दिलचस्प पुस्तक के इस अध्याय में मास्टर ठग के धोखे के जीवन से सीखे गए सबक का पता लगाया गया है। यह अध्याय जटिल ज्ञान, मूल्यवान् अंतर्दृष्टि और सतर्क कहानियों पर प्रकाश डालता है, जो नटवरलाल की असाधारण यात्रा उसके कारनामों से सीखने के इच्छुक लोगों को प्रदान करती है।

नटवरलाल का जीवन धोखे देने में माहिर था और उसकी विरासत ने आपराधिक इतिहास पर एक अमिट छाप छोड़ी। जैसकि उनके कार्यों ने कई लोगों को नुकसान पहुँचाया और पीड़ा पहुँचाई। उसकी कहानी एक आपराधिक दिमाग की कार्य-प्रणाली और मानव स्वभाव की कमजोरियों में अंतर्दृष्टि प्राप्त करने का एक अनूठा अवसर प्रदान करती है।

सबक 1 : धारणा ही वास्तविकता है

नटवरलाल ने धारणा की शक्ति और वास्तविकता को आकार देने की अपनी क्षमता को समझा। उसने झूठे मुखौटे गढ़े, अलग-अलग पहचानें बनाईं और अपने आसपास के लोगों की धारणाओं में हेर-फेर किया। कथा को नियंत्रित करने और विश्वास का भ्रम पैदा करने की उसकी क्षमता ने उसे अपने विपक्ष में बढ़त हासिल करने की अनुमति दी। यह पाठ हमें उन चीजों पर सवाल उठाना सिखाता है, जिन्हें हम सत्य मानते हैं और दूसरों पर आँखें बंद करके भरोसा करने में सावधानी बरतना सिखाता है।

सबक 2 : हेर-फेर की कला

नटवरलाल एक मास्टरमाइंड था, जो अपने लक्ष्य की इच्छाओं, भयों और कमजोरियों का फायदा उठाता था। उसने मानव मनोविज्ञान की जटिलताओं को समझा और इस ज्ञान का उपयोग अपने लाभ के लिए किया। लोगों की भावनाओं का दोहन करके वह अपनी इच्छित प्रतिक्रियाएँ प्राप्त करने और ऐसी स्थितियों को व्यवस्थित करने में सक्षम था, जो उसके एजेंडे को आगे बढ़ाती थीं। यह सबक हेर-फेर की शक्ति और उन लोगों के खिलाफ सतर्क रहने के महत्त्व की याद दिलाता है, जो इसका लाभ उठाना चाहते हैं।

सबक 3 : विश्वास की जटिलता

नटवरलाल की अपने पीड़ितों का विश्वास हासिल करने की क्षमता उसके नुकसान में सहायक थी। उसने सावधानीपूर्वक रिश्ते बनाए, विश्वसनीयता स्थापित की और ईमानदारी का भ्रम पैदा किया। यहाँ सबक यह है कि भरोसा एक नाजुक वस्तु है, जिसे आसानी से तोड़ा जा सकता है। यह हमें यह समझने की याद दिलाता है कि हम किस पर भरोसा करते हैं, निर्णय लेने से पहले जानकारी को सत्यापित करते हैं और उन लोगों से सावधान रहते हैं, जो व्यक्तिगत लाभ के लिए हमारे भरोसे का दुरुपयोग कर सकते हैं।

सबक 4 : लालच का प्रभाव

नटवरलाल की साजिश व्यक्तियों के भीतर निहित लालच का शिकार थी। बेशुमार दौलत एवं समृद्धि के वादे ने उसके पीड़ितों को लाल झंडों और चेतावनी के संकेतों के प्रति अंधा कर दिया। यह सबक हमें अपनी इच्छाओं व आकांक्षाओं पर विचार करना, लालच के प्रलोभनों के प्रति सचेत रहना और भौतिक लाभ का पीछा करते समय अपने कार्यों के परिणामों पर विचार करना सिखाता है।

सबक 5 : व्यवस्था की कमजोरी

कानूनी खामियों का फायदा उठाने, जाली दस्तावेज बनाने और संस्थानों में घुसपैठ करने की नटवरलाल की क्षमता ने व्यवस्था बनाए रखने और धोखे से बचाने के लिए डिजाइन की गई प्रणालियों के भीतर कमजोरियों को उजागर किया। उनके विपक्ष ने वित्तीय प्रणालियों, कानूनी ढाँचे और कानून प्रवर्तन एजेंसियों की क्षमता में कमजोरियों को उजागर किया। यह सबक उन लोगों से बचाव के लिए निरंतर सतर्कता, अनुकूलनशीलता और प्रणालियों में निरंतर सुधार की आवश्यकता पर जोर देता है, जो उनका शोषण करना चाहते हैं।

सबक 6 : मुक्ति की शक्ति

जबकि नटवरलाल के कार्यों ने अत्यधिक नुकसान पहुँचाया, यह ध्यान देने योग्य है कि मुक्ति उन लोगों के लिए भी संभव है, जो गलत रास्ते पर भटक गए हैं। उनके जीवन से सीखे गए सबक एक सतर्क कहानी के रूप में काम कर सकते हैं, जो हमें अपने स्वयं के नैतिक दिशा-निर्देश और हमारे द्वारा चुने गए विकल्पों की जाँच करने के लिए प्रेरित करते हैं। यह हमें याद दिलाता है कि हमारे पास बदलने, क्षमा माँगने और एक अलग रास्ता बनाने की शक्ति है।

नटवरलाल की कहानी—अपनी सभी जटिलताओं और नैतिक दुविधाओं के साथ—मूल्यवान् सबक प्रदान करती है, जो आपराधिकता के दायरे से परे तक फैली हुई है। यह हमें अपनी प्रेरणाओं, जिन प्रणालियों पर हम भरोसा करते हैं और जो भ्रम हम पैदा करते हैं, उन पर सवाल उठाने के लिए प्रेरित करती है। यह हमें अपने भीतर और समग्र रूप से समाज की कमजोरियों की जाँच करने के लिए मजबूर करती है।

□

25

जालसाजी की कला

नटवरलाल की जाली दस्तावेज बनाने की क्षमता ने उसकी विस्तृत साजिश में महत्त्वपूर्ण भूमिका निभाई। उसके पास आधिकारिक कागजात, वित्तीय दस्तावेज और यहाँ तक कि कानूनी अनुबंधों को इतनी सटीकता से दोबारा बनाने की असाधारण प्रतिभा थी कि वह सबसे समझदार लोगों को भी आसानी से धोखा दे सकता था। जालसाजी में उसकी कलात्मकता ने उसे अपने आपराधिक प्रयासों को आगे बढ़ाने के लिए व्यवस्था में हेर-फेर करते हुए आत्मविश्वास के साथ काम करने की अनुमति दी।

जालसाजी की कला एक जटिल कला है, जिसमें लिखावट, स्याही, कागज और मुहरों सहित विभिन्न तत्त्वों की गहरी समझ की आवश्यकता होती है। नटवरलाल ने सावधानीपूर्वक अध्ययन व अभ्यास के माध्यम से अपने कौशल को निखारा और दस्तावेज जालसाजी के क्षेत्र में धोखाधड़ी का मास्टर बन गया। विवरण पर उसका ध्यान, हस्ताक्षर एवं लिखावट को दोहराने की उसकी क्षमता और विभिन्न समयावधियों व क्षेत्रों की विशिष्ट विशेषताओं के उसके ज्ञान ने उसकी जालसाजी को मूल से लगभग अभेद्य बना दिया।

नटवरलाल की जालसाजी के सबसे उल्लेखनीय कारनामों में से एक त्रुटिहीन वित्तीय दस्तावेज बनाने की उसकी क्षमता थी। वह बैंक विवरण, निवेश पोर्टफोलियो और कानूनी दस्तावेज इतनी सटीकता से बना सकता था कि वे सबसे कठोर जाँच से भी गुजर सकते थे। वे जाली दस्तावेज उसके

विस्तृत घोटालों की नींव के रूप में काम करते थे और पीड़ितों को उसकी विश्वसनीयता एवं वैधता पर विश्वास करने के लिए लुभाते थे।

यह मास्टर ठग पहचान दस्तावेज बनाने में भी माहिर था, जिससे उसे कई पहचान रखने और विभिन्न उपनामों के तहत काम करने में मदद मिली। वह नकली पासपोर्ट, ड्राइविंग लाइसेंस तथा पहचान के अन्य रूप बना सकता था, जो सीमा पार और अन्य आधिकारिक चौकियों पर जाँच का सामना कर सकते थे। इस कौशल ने उसे पकड़ से बचने, अंतरराष्ट्रीय सीमाओं को पार करने और कानून प्रवर्तन एजेंसियों के रडार के तहत काम करने की अनुमति दी।

नटवरलाल की जालसाजी वित्तीय और पहचान दस्तावेजों से भी आगे तक फैली हुई थी। उसे कला के मूल्यवान् कार्यों, ऐतिहासिक कलाकृतियों और यहाँ तक कि दुर्लभ संग्रहणीय वस्तुओं को फिर से बनाने के लिए जाना जाता था। उन वस्तुओं के जटिल विवरणों की नकल करने की उसकी प्रतिभा ने उसे नकली उत्कृष्ट कृतियों को अत्यधिक कीमतों पर बेचने की अनुमति दी, यहाँ तक कि अनुभवी कला विशेषज्ञों को भी धोखा दिया।

नटवरलाल की जालसाजी का प्रभाव उसके तात्कालिक नुकसान से कहीं अधिक था। उसकी जालसाजी ने वित्तीय प्रणालियों में विश्वास को कम कर दिया, कानूनी दस्तावेजों की अखंडता से समझौता किया तथा व्यक्तियों और संस्थानों की प्रतिष्ठा को धूमिल किया। उसके कार्यों का असर उसकी योजनाओं के उजागर होने के काफी समय बाद तक महसूस किया गया और पीड़ितों को उसके धोखे के परिणामों से जूझना पड़ा।

जालसाजी में नटवरलाल की कलात्मकता हमारे सिस्टम की कमजोरी और निरंतर सतर्कता की आवश्यकता की याद दिलाती है। यह परिष्कृत जालसाजी प्रयासों का पता लगाने और उन्हें रोकने में संस्थानों, व्यवसायों एवं व्यक्तियों के सामने आनेवाली चुनौतियों पर प्रकाश डालती है। मास्टर ठग की विरासत सुरक्षा उपायों के पुनर्मूल्यांकन को प्रेरित करती है तथा जालसाजों द्वारा नियोजित लगातार विकसित हो रही तकनीकों का मुकाबला

करने के लिए उन्नत प्रौद्योगिकियों को अपनाने और बेहतर प्रशिक्षण का आग्रह करती है।

यह ध्यान रखना महत्त्वपूर्ण है कि जालसाजी महत्त्वपूर्ण कानूनी परिणामों वाला एक गंभीर अपराध है। इतनी सटीकता के साथ दस्तावेज बनाने की क्षमता के लिए कानून की गहरी समझ, जालसाजी के तकनीकी पहलुओं और नैतिक सीमाओं की उपेक्षा की आवश्यकता होती है। नटवरलाल की जालसाजी में कलात्मकता हमें अपने सिस्टम का पुनर्मूल्यांकन करने, अपनी सतर्कता बढ़ाने और यह सुनिश्चित करने के लिए प्रेरित करती है कि जालसाजी के खतरों से बचने के लिए मजबूत सुरक्षा उपाय जरूरी हैं।

□

26
गुप्त ठिकाने

रहस्यमय मास्टर ठग नटवरलाल गोपनीयता और छिपाव के महत्त्व को समझता था। पकड़ से बचने और अपनी स्वतंत्रता को बनाए रखने के लिए उसने सावधानीपूर्वक ऐसे ठिकानों का चयन किया, जो उसे गुमनामी, सुरक्षा और अपनी आपराधिक गतिविधियों को जारी रखने के साधन प्रदान करते थे। ये गुप्त स्थान अभयारण्यों के रूप में कार्य करते थे, जहाँ से वह अपनी विस्तृत योजनाओं को संचालित व कार्यान्वित करता था।

नटवरलाल के ठिकाने अकसर रणनीतिक रूप से दूर-दराज के इलाकों में स्थित होते थे, जो कानून प्रवर्तन एजेंसियों की नजरों से दूर होते थे। उनमें साधारण अपार्टमेंट और घरों से लेकर एकांत देहाती घर तक शामिल थे, जो उसे अपनी योजनाओं को बिना पहचाने पूरा करने के लिए आवश्यक एकांत प्रदान करते थे। एक ठग के रूप में ठिकाने का चयन उसकी सफलता का एक महत्त्वपूर्ण तत्त्व था।

नटवरलाल की प्रमुख रणनीतियों में से एक थी—अपने ठिकानों के आसपास घुलना-मिलना, अपनी असली पहचान को छिपाने के लिए झूठी पहचान और भेस अपनाना। वह अकसर एक नियमित किराएदार या संपत्ति के मालिक की भूमिका निभाता था और अपनी उल्लेखनीय उपस्थिति बनाए रखने के लिए हरसंभव प्रयास करता था। इससे उसे स्थानीय समुदाय में निर्बाध रूप से एकीकृत होने की अनुमति मिलती,

जिससे अधिकारियों के लिए उनकी गतिविधियों पर नजर रखना मुश्किल हो जाता था।

नटवरलाल के ठिकानों को उसके व्यापार के औजारों से सावधानीपूर्वक सुसज्जित किया गया था। उनमें छिपे हुए डिब्बे, झूठी दीवारें एवं गुप्त तिजोरियाँ शामिल थीं, जिनमें आपत्तिजनक साक्ष्य, जाली दस्तावेज और गलत तरीके से कमाए गए रुपए छिपाए जाते थे। चतुराई से छिपाए गए उन भंडारण स्थलों को जाँच का सामना करने के लिए डिजाइन किया गया था, जिससे यह सुनिश्चित हुआ कि उसकी सबसे मूल्यवान् संपत्ति सुरक्षित रहे और चुभती नजरों से ओझल रहे।

भौतिक सुरक्षा उपायों के अलावा नटवरलाल ने अपने ठिकानों के भीतर परिष्कृत निगरानी और संचार प्रणालियों को नियोजित किया। उसने अपने सहयोगियों के नेटवर्क के साथ संवाद करने और कानून प्रवर्तन एजेंसियों से एक कदम आगे रहने के लिए एन्क्रिप्टेड चैनलों, कोड शब्दों और उन्नत तकनीक का इस्तेमाल किया। इन उपायों ने उसे परिचालन सुरक्षा बनाए रखने की अनुमति दी, जिससे अधिकारियों के लिए उसके संचार को रोकना मुश्किल हो गया।

नटवरलाल के ठिकाने कई प्रकार के भेषों, साज-सामान और वेशभूषा से सुसज्जित थे, जिनका उपयोग वह अपनी उपस्थिति को बदलने और विभिन्न पहचान धारण करने के लिए करता था। उसके भ्रामक प्रयासों में सहायता के लिए विग, नकली अंग, मेकअप और अलमारी के सामान को सावधानीपूर्वक तैयार किया गया था। अपनी उपस्थिति को निर्बाध रूप से बदलने की उसकी क्षमता उसके आपराधिक कारनामों के आसपास के रहस्य को और बढ़ा देती थी।

ठग का ध्यान विस्तार से उसके ठिकानों की रसद तक गया। वह छिपने की लंबी अवधि के दौरान खुद को और अपने सहयोगियों को बनाए रखने के लिए भोजन, पानी, नकदी और अन्य आवश्यकताओं सहित आवश्यक वस्तुओं की निरंतर आपूर्ति सुनिश्चित करता था। सावधानीपूर्वक बनाई गई यह

योजना उसे लंबे समय तक छिपे रहने में सहायक होती, जिससे कानून प्रवर्तन एजेंसियों को अपने लक्ष्य को हासिल करने में मुश्किल होती थी।

तमाम सावधानियों के बावजूद नटवरलाल के ठिकाने अभेद्य नहीं थे। अधिकारियों ने उसके गुप्त स्थानों का पता लगाने के लिए खुफिया जानकारी, निगरानी और मुखबिरों पर भरोसा करते हुए व्यापक जाँच की। कानून प्रवर्तन एजेंसियों के प्रयासों के परिणामस्वरूप अकसर नाटकीय छापे और गिरफ्तारियाँ हुईं, जिससे उसके आपराधिक उद्यमों की आंतरिक कार्य-प्रणाली उजागर हो गई।

नटवरलाल के ठिकानों का खुलासा उसके आपराधिक कॅरियर में एक महत्त्वपूर्ण मोड़ था। इससे न केवल उसके ऑपरेशन बाधित हुए, बल्कि उसकी भ्रामक क्षमताओं की सीमा का भी पता चला। उसके गुप्त स्थानों की खोज और पता लगाने से इस बात पर प्रकाश पड़ता है कि उसने अपनी स्वतंत्रता को बनाए रखने के लिए किस हद तक कदम उठाए थे; और उन व्यक्तियों के जटिल नेटवर्क ने भी उनका समर्थन किया था, जिन्होंने उसका समर्थन किया था।

नटवरलाल के ठिकाने कानून प्रवर्तन एजेंसियों के सामने मायावी अपराधियों को पकड़ने में आनेवाली चुनौतियों की याद दिलाते हैं। गुप्त स्थानों का सावधानीपूर्वक चयन, परिष्कृत सुरक्षा उपायों के कार्यान्वयन और स्थानीय समुदायों में घुलने-मिलने की क्षमता ने उसकी गतिविधियों पर नजर रखना एक कठिन कार्य बना दिया। उसके ठिकानों की कहानी एक मास्टर ठग को अदालत के कठघरे में लाने के लिए आवश्यक समर्पण और दृढ़ता को रेखांकित करती है।

यह कानून प्रवर्तन और अपराधियों के बीच बिल्ली व चूहे के खेल की याद दिलाता है और यह कि व्यक्ति अपनी स्वतंत्रता को बनाए रखने के लिए किस हद तक जा सकता है!

□

27

लंबा खेल

नटवरलाल सिर्फ एक मास्टर ठग ही नहीं था। वह एक रणनीतिक योजनाकार भी था, जो धैर्य और दृढ़ता के मूल्य को समझता था। उसका उद्देश्य आवेगपूर्ण कार्य नहीं था, बल्कि सावधानीपूर्वक बनाई गई योजनाएँ थीं, जो महीनों—कभी-कभी वर्षों—में भी सामने आती थीं। उसने अपने लाभ को अधिकतम करने के लिए मानव मनोविज्ञान और विश्वास की गतिशीलता का लाभ उठाते हुए लंबा खेल खेला।

लंबे खेल को खेलने में नटवरलाल की प्रमुख रणनीतियों में से एक विश्वास और परिचितता के आधार पर रिश्ते बनाने की उसकी क्षमता थी। वह अपने लक्ष्य की इच्छाओं, कमजोरियों और आकांक्षाओं को समझने के लिए समय निकालते हुए धैर्यपूर्वक मित्रता, व्यावसायिक साझेदारी और पेशेवर संबंध विकसित करता था। उनका विश्वास हासिल करके और खुद को एक विश्वसनीय सहयोगी के रूप में स्थापित करके उसने अपने विस्तृत विपक्ष के लिए मंच तैयार किया।

लंबे समय तक एक भरोसेमंद साथी का मुखौटा बनाए रखने की नटवरलाल की क्षमता उसके धैर्य और लंबे खेल के प्रति प्रतिबद्धता का प्रमाण थी। उसने समझा कि विश्वास कायम करने में समय लगता है और प्रक्रिया में जल्दबाजी करने से संदेह पैदा हो सकता है। उसने एक भरोसेमंद व्यक्तित्व बनाने, रिश्तों को सावधानीपूर्वक पोषित करने और

धीरे-धीरे खुद को एक अमूल्य विश्वासपात्र के रूप में स्थापित करने के लिए आवश्यक प्रयास किए।

लंबे खेल को खेलने में नटवरलाल ने अपने लक्ष्य की भावनाओं और इच्छाओं में हेर-फेर करने के लिए कई तरह की रणनीति अपनाई। वह धन, सफलता या व्यक्तिगत पूर्ति के उनके सपनों का लाभ उठाता और सावधानीपूर्वक ऐसी कहानियाँ तैयार करता, जो उनकी आकांक्षाओं के अनुरूप हों। उसने अपने लक्ष्य पर भरोसा गहरा करने के लिए चापलूसी, भावनात्मक हेर-फेर और सूक्ष्म मनोवैज्ञानिक रणनीति का इस्तेमाल किया, जिससे वे उसके धोखे के प्रति अधिक संवेदनशील हो जाते।

नटवरलाल के लंबे खेल का एक और महत्त्वपूर्ण तत्त्व परिस्थितियों के अनुसार अपनी रणनीतियों को अनुकूलित और समायोजित करने की उसकी क्षमता थी। उसने समझा कि बढ़त बनाए रखने के लिए लचीलेपन और बदलती गतिशीलता के प्रति गहरी जागरूकता की आवश्यकता थी। वह अपने लक्ष्यों पर अपना निरंतर नियंत्रण और प्रभाव सुनिश्चित करने के लिए अपने दृष्टिकोण को मूल रूप से बदल देता, अपनी रणनीति को संशोधित करता और अपनी कहानी को अनुकूलित करता।

नटवरलाल का लंबा खेल सावधानीपूर्वक योजना और बारीकियों पर ध्यान देने पर भी निर्भर करता था। वह अपने लक्ष्यों, उनके निजी जीवन, उनकी वित्तीय स्थितियों और उनके नेटवर्क के बारे में व्यापक जानकारी इकट्ठा करता। इस ज्ञान ने उसे प्रत्येक व्यक्ति के लिए अपने विचारों को अनुकूलित करने की अनुमति दी, जिससे उसके लक्ष्यों एवं उसकी प्रामाणिकता में विश्वास और मजबूत हो जाता था।

नटवरलाल द्वारा खेला गया लंबा खेल जोखिम से खाली नहीं था। पीड़ित लोग उसे खोज भी सकते थे या उसकी कहानी पर अविश्वास भी जता सकते थे। हालाँकि, उसकी सावधानीपूर्ण योजना, रणनीतिक सोच और अपने लक्ष्य की भावनाओं में हेर-फेर करने की क्षमता ने उन जोखिमों को कम कर दिया और उसे बढ़त बनाए रखने की अनुमति दी।

नटवरलाल द्वारा खेले गए लंबे खेल का उसके पीड़ितों पर गहरा प्रभाव पड़ा। लंबे समय तक उसके धोखे के संपर्क में रहने से उनके लिए उसकी योजनाओं की वास्तविक प्रकृति को पहचानना और भी कठिन हो गया। वे उसके द्वारा गढ़ी गई कहानियों में गहराई से निवेशित हो गए, जिससे उनके लिए धोखा दिए जाने की वास्तविकता को स्वीकार करना कठिन हो गया। उनके लक्ष्यों पर मनोवैज्ञानिक प्रभाव महत्त्वपूर्ण था, जिससे अकसर विश्वासघात, लज्जा और शक्तिहीनता की भावना पैदा होती थी।

नटवरलाल की लंबा खेल खेलने की क्षमता मानव मनोविज्ञान की जटिलताओं और धोखे की दुनिया में धैर्य एवं दृढ़ता की शक्ति को बयाँ करती है, जो हमें सतर्क रहने, हमारे जीवन में प्रवेश करनेवाले लोगों के इरादों पर सवाल उठाने और यह पहचानने की याद दिलाती है कि कुछ व्यक्ति हमारे विश्वास का अनुचित लाभ उठाने के लिए किस हद तक जा सकते हैं!

□

28

नटवरलाल के पाप

एक ठग के रूप में नटवरलाल का जीवन बड़े पैमाने पर व्यक्तियों, संस्थानों और समाज के खिलाफ पापों से भरा हुआ था। उसके धोखे के व्यापक पैमाने और दु:साहस को नजरअंदाज नहीं किया जा सकता; क्योंकि उसने उन लोगों को अथाह नुकसान पहुँचाया, जो उसके विस्तृत घोटालों का शिकार हो गए। नटवरलाल द्वारा किए गए पाप मानव स्वभाव के अँधेरे पक्ष तथा अनियंत्रित लालच और चालाकी के विनाशकारी परिणामों की याद दिलाते हैं।

नटवरलाल के सबसे गंभीर पापों में से एक उसका विश्वास का शोषण था। उसने उस अंतर्निहित भरोसे के साथ खिलवाड़ किया, जो लोग दूसरों पर रखते हैं। उसने लोगों के भरोसे को धोखा दिया और उनकी कमजोरियों का फायदा उठाया। चाहे वह निवेश पर अत्यधिक रिटर्न का वादा करना हो, वित्तीय विकास के लिए झूठे अवसर प्रदान करना हो या अपने लक्ष्य की इच्छाओं और सपनों का शिकार करना हो, नटवरलाल ने खुद पर किए गए विश्वास का लाभ उठाया और अपने पीछे तबाही छोड़ गया।

नटवरलाल के आपराधिक कॅरियर के मूल में धोखे का पाप था। उसने अपने पीड़ितों को अपनी प्रामाणिकता का विश्वास दिलाने के लिए सावधानीपूर्वक झूठी कहानियाँ गढ़ीं, काल्पनिक व्यक्तित्व बनाए और भावनाओं में हेर-फेर किया। उसके झूठ का जाल जटिल और व्यापक था, जो जीवन के सभी क्षेत्रों के लोगों

को उलझा रहा था। उसके धोखे के परिणाम दूरगामी थे; सपने टूट गए, विश्वास खत्म हो गया और उसके पीछे टूटे हुए जीवन के निशान छूट गए।

नटवरलाल के पाप वित्तीय धोखाधड़ी के दायरे से भी आगे बढ़ गए। उसके कार्यों ने उसके पीड़ितों को भावनात्मक और मनोवैज्ञानिक आघात पहुँचाया, जिससे उन्हें गहरे घाव मिले, जिन्हें ठीक होने में समय भी कम पड़ गया। उसने जो पाप किए, वे केवल आर्थिक नहीं थे; उसने अपने पीड़ितों के जीवन की संरचना, उनके आत्म-मूल्य की भावना और दूसरों पर भरोसा करने की उनकी क्षमता को प्रभावित किया।

हेर-फेर का पाप नटवरलाल के कार्यों की एक और पहचान थी। उसे मानव मनोविज्ञान की गहरी समझ थी और उसने अपने फायदे के लिए इसका लाभ उठाया। उसने लोगों की इच्छाओं, भय एवं आकांक्षाओं का शिकार किया; उन्हें अपनी इच्छा के अनुसार झुकाने के लिए अपने करिश्मे और प्रेरक रणनीति का उपयोग किया। अपने पीड़ितों की भावनाओं एवं विश्वासों में हेर-फेर करने की उसकी क्षमता ने उसे नियंत्रण बनाए रखने और अपने धोखे को कायम रखने की अनुमति दी।

इसके अलावा, लालच के पाप ने नटवरलाल को निगल लिया। धन एवं शक्ति की उसकी अतृप्त इच्छा ने उसे धोखे के दुःसाहसिक कृत्यों को करने के लिए प्रेरित किया। वित्तीय लाभ का लालच उसके पीड़ितों की भलाई या उसके कार्यों के परिणामों पर किसी भी विचार से अधिक था। दूसरों की कीमत पर व्यक्तिगत लाभ की उसकी निरंतर खोज लालच की विनाशकारी शक्ति का उदाहरण है।

नटवरलाल के पापों की गूँज पूरे समाज में फैल गई, जिससे वित्तीय संस्थानों की प्रतिष्ठा धूमिल हुई, पारस्परिक संबंधों में विश्वास कम हुआ और नैतिक आचरण की नींव को चुनौती मिली। उसके पापों द्वारा छोड़े गए घाव आसानी से ठीक नहीं होते; क्योंकि उन्हें विश्वास के पुनर्निर्माण, नियामक ढाँचे को मजबूत करने और उसके धोखे के पीड़ितों के लिए न्याय सुनिश्चित करने के लिए सामूहिक प्रयास की आवश्यकता होती है।

नटवरलाल के धोखे की सबसे महत्त्वपूर्ण क्षति व्यक्तियों द्वारा अपने साथी मनुष्यों पर किया गया भरोसा था। उनके सोचे-समझे हेर-फेर और भरोसे के शोषण ने लोगों की अंतर्निहित अच्छाई में विश्वास को खत्म कर दिया। उनके विपक्ष के पीड़ितों ने खुद को उसके निर्णय, झूठ से सच को पहचानने की उनकी क्षमता और दूसरों पर भरोसा करने की उनकी इच्छा पर सवाल उठाते हुए पाया।

वित्तीय संस्थाएँ, जो आर्थिक स्थिरता का आधार हैं, भी नटवरलाल की योजनाओं से बुरी तरह प्रभावित हुईं। सबसे प्रतिष्ठित संस्थानों को भी धोखा देने की उसकी क्षमता ने बैंकिंग और निवेश क्षेत्रों में जनता के विश्वास को हिला दिया। मास्टर कॉनमैन द्वारा किए गए विश्वास के उल्लंघन के कारण जाँच में वृद्धि, नियामक सुधार तथा पारदर्शिता और जवाबदेही सुनिश्चित करने पर नए सिरे से ध्यान केंद्रित किया गया।

समाज कानूनी और नियामक प्रणालियों पर जो भरोसा रखता है, उससे भी नटवरलाल के कार्यों से समझौता हुआ। दस्तावेज बनाने, कानूनी काररवाई में हेर-फेर करने और पकड़ से बचने की उसकी क्षमता ने न्याय-प्रणाली के भीतर की कमजोरियों को उजागर किया। उसे पकड़ने और अदालत के कठघरे में लाने की विफलताओं ने कानून प्रवर्तन की प्रभावशीलता और व्यक्तियों को उनके अपराधों के लिए जिम्मेदार ठहराने की क्षमता में जनता के विश्वास को कम कर दिया।

नटवरलाल द्वारा छोड़े गए टूटे हुए भरोसे का निशान व्यक्तियों एवं संस्थानों से परे व्यापक सामाजिक ताने-बाने तक फैला। मास्टर ठग द्वारा किए गए घोटालों व षड्यंत्रों ने उस आसानी को उजागर किया, जिसके साथ विश्वास का शोषण किया जा सकता है और उसे तोड़ा जा सकता है। उसके धोखे की गूँज पूरे समाज में महसूस की गई, जिससे लोग अधिक सतर्क, संशयवादी और दूसरों पर भरोसा करने के अनिच्छुक हो गए।

टूटे हुए भरोसे का असर तात्कालिक वित्तीय नुकसान से भी आगे तक जाता है। नटवरलाल की साजिश के शिकार लोगों पर पड़नेवाले भावनात्मक

और मनोवैज्ञानिक असर को कम करके नहीं आँका जा सकता। उसके धोखे का शिकार हुए लोगों द्वारा अनुभव की गई विश्वासघात, छल और शक्तिहीनता की भावना ने स्थायी निशान छोड़े। विश्वास बहाल करना व्यक्तिगत एवं सामाजिक—दोनों स्तरों पर उपचार और पुनर्निर्माण की एक चुनौतीपूर्ण यात्रा बन गई।

हालाँकि, नटवरलाल के गुनाहों को माफ नहीं किया जा सकता या उचित नहीं ठहराया जा सकता, लेकिन वे समाज के भीतर कमजोरियों की याद दिलाते हैं। उसके कार्य मजबूत सुरक्षा उपायों, बेहतर वित्तीय साक्षरता और नैतिक आचरण के प्रति नई प्रतिबद्धता की आवश्यकता पर प्रकाश डालते हैं। नटवरलाल के द्वारा किए गए छलपूर्ण कार्य हमें अपने मूल्यों पर विचार करने, हेर-फेर के प्रति हमारी संवेदनशीलता पर सवाल उठाने तथा ईमानदारी एवं विश्वास पर आधारित समाज के लिए प्रयास करने के लिए प्रेरित करते हैं।

नटवरलाल द्वारा विश्वास का शोषण, छल, चालाकी और अतृप्त लालच हमें व्यक्तियों के भीतर मौजूद बुराई की क्षमता की याद दिलाते हैं। उसके पाप कारवाई के आह्वान के रूप में कार्य करते हैं और समाज को सतर्क रहने, धोखे के खिलाफ शिक्षित करने तथा ऐसे अपराधों के पीड़ितों के लिए न्याय माँगने का आग्रह करते हैं।

□

29
अलिखित कोड

नटवरलाल, कई सफल ठगों की तरह, अपने स्वयं के नियमों और संहिताओं द्वारा शासित एक छिपी हुई दुनिया के भीतर काम करता था। उन अलिखित सिद्धांतों को धोखाधड़ी करनेवालों के हितों की रक्षा करने, सहयोग को बढ़ावा देने और जोखिमों को कम करते हुए लाभ को अधिकतम करने के लिए डिजाइन किया गया था। ठग के कोड को समझने से नटवरलाल जैसे व्यक्तियों द्वारा अपनाई गई मानसिकता और रणनीतियों के बारे में जानकारी मिलती है।

ठग के अलिखित कोड के मूलभूत सिद्धांतों में से एक मानव स्वभाव का अंतर्निहित भोलेपन में विश्वास है। चोर कलाकार इस धारणा पर भरोसा करते हैं कि लोग हेर-फेर, धोखे और आसान लाभ के आकर्षण के प्रति संवेदनशील होते हैं। इस भेद्यता का शोषण उनकी आपराधिक गतिविधियों की नींव बनाता है; क्योंकि वे व्यक्तियों की इच्छाओं, आकांक्षाओं और कमजोरियों को लक्षित करते हैं।

अलिखित कोड का एक अन्य सिद्धांत विश्वास बनाने और अपने लक्ष्यों के साथ संबंध स्थापित करने पर जोर देना है। चोर कलाकार रिश्तों को विकसित करने, अपने पीड़ितों का विश्वास हासिल करने और सौहार्द की भावना पैदा करने में समय तथा प्रयास लगाते हैं। यह भरोसा संदेह को निरस्त करने और उनके घोटालों की सफलता सुनिश्चित करने में एक महत्त्वपूर्ण उपकरण के रूप में कार्य करता है।

नटवरलाल जैसे ठगों द्वारा अपनाई जानेवाली एक प्रमुख रणनीति गुमराह करने की कला है। वे अपने लक्ष्यों को उनके इरादों की वास्तविक प्रकृति से विचलित करते हुए विस्तृत आख्यान बनाते हैं। ध्यान कहीं और निर्देशित करके वे जाँच को भटकाते हैं तथा अपने पीड़ितों को उन विसंगतियों या लाल झंडों का पता लगाने से रोकते हैं, जो धोखे को उजागर कर सकते हैं। गलत दिशा का कुशल उपयोग ठग के कोड की पहचान है।

ठग के कोड में गोपनीयता और विवेक का कड़ाई से पालन भी शामिल है। चोर कलाकार छाया में काम करते हैं, अपनी असली पहचान छिपाते हैं और अपने तरीकों एवं रणनीतियों की सावधानीपूर्वक रक्षा करते हैं। वे गुमनामी के मूल्य और अपनी आपराधिक गतिविधियों को कानून प्रवर्तन एवं संभावित प्रतिद्वंद्वियों की चुभती नजरों से बचाने की आवश्यकता को समझते हैं।

ठग के कोड में निहित एक सिद्धांत योग्यतम के अस्तित्व में विश्वास है। चोर कलाकार प्रतिस्पर्धी परिदृश्य में काम करते हैं, जहाँ केवल सबसे चालाक, अनुकूलनीय और साधन-संपन्न लोग ही पनपते हैं। वे लगातार अपनी तकनीकों में नवीनता लाते हैं, कानून प्रवर्तन से आगे रहते हैं और समाज की बदलती हुई गतिशीलता के साथ विकसित होते हैं। अपने विरोधियों को अनुकूलित करने और उन्हें मात देने की क्षमता ठग के कोड का एक महत्त्वपूर्ण पहलू है।

हालाँकि, ठगों का कोड नैतिकता से रहित लग सकता है, यह ध्यान देने योग्य है कि कुछ ठग आंतरिक नियमों के एक सेट का पालन करते हैं। उदाहरण के लिए, कमजोर लोगों या ऐसे व्यक्तियों को निशाना बनाने से बचने के लिए अकसर ठगों के बीच एक अनकहा समझौता होता है, जो वित्तीय नुकसान बरदाश्त नहीं कर सकते। यह स्व-प्रतिबंध धोखे के दायरे में नैतिक सीमाओं की झलक बनाए रखने में मदद करता है।

हालाँकि, यह पहचानना महत्त्वपूर्ण है कि ठग का कोड स्वाभाविक रूप से भ्रामक और स्वाभाविक रूप से अनैतिक है। नटवरलाल जैसे व्यक्तियों

द्वारा अपनाई गई युक्तियाँ एवं रणनीतियाँ व्यक्तिगत लाभ के लिए दूसरों का शोषण करने, हेर-फेर करने और उन्हें धोखा देने के लिए डिजाइन की गई थीं। कोड मुख्य रूप से किसी भी नैतिकता या नैतिक मानकों को बनाए रखने के बजाय धोखाधड़ी करनेवालों के हितों और कार्यों की रक्षा करने के लिए कार्य करता है।

□

30
टूटा परिवार

नटवरलाल की आपराधिक गतिविधियों ने न केवल अजनबियों और संस्थानों को प्रभावित किया, बल्कि उसके निकटतम लोगों पर भी गहरा प्रभाव डाला। उसका परिवार, जिसने कभी सपने, प्यार और विश्वास साझा किए थे, उसने खुद को धोखे और विश्वासघात के जाल में फँसा हुआ पाया। उसके कार्यों के परिणाम उसके प्रियजनों के जीवन में गूँज उठे, जिससे उसके पारिवारिक बंधनों का ताना-बाना छिन्न-भिन्न हो गया।

नटवरलाल का निकटतम परिवार, जिसमें उसकी पत्नी व बच्चे भी शामिल थे, अनजाने में उसके धोखे में शामिल थे। वे एक आरामदायक जीवनशैली के भ्रम में रहते थे और उन अवैध तरीकों से अनजान थे, जिनके द्वारा उनकी वित्तीय सुरक्षा बनाई रखी जाती थी। जब सच्चाई सामने आई तो सदमा और मोहभंग जबरदस्त था, जिससे वे भावनात्मक रूप से टूट गए।

नटवरलाल की असली पहचान और उसकी आपराधिक गतिविधियों के उजागर होने से उसके परिवार पर अपमान और कलंक लगा। वे उसके कार्यों से जुड़ गए, भले ही वे उसके धोखे के निर्दोष शिकार थे। इस बोझ ने उसके समुदाय तथा समाज में अन्य लोगों के साथ उनके संबंधों को तनावपूर्ण बना दिया, जिससे अलगाव और दंड का सामना करना पड़ा।

उसकी पत्नी, जो कभी उसके साझा सपनों और आकांक्षाओं में विश्वास करती थी, को इस कड़वे अहसास का सामना करना पड़ा कि

उसका जीवन झूठ पर आधारित था। विश्वासघात की भावना गहरी थी, क्योंकि वह रहस्योद्घाटन के बाद के परिणामों से जूझ रही थी। नटवरलाल पर उसका भरोसा टूट गया, जिससे वह अपने फैसले पर सवाल उठाने लगी और अपने साझा अतीत के खँडहरों से अपने जीवन को फिर से बनाने के लिए संघर्ष करने लगी।

नटवरलाल के बच्चों को भी इसका खामियाजा भुगतना पड़ा। उनकी स्थिर दुनिया उलट-पुलट हो गई। उनकी मासूमियत इस तथ्य से चकनाचूर हो गई कि उनके पिता दोहरी जिंदगी जी रहे थे। उन्हें जो भावनात्मक आघात पहुँचाया गया, वह बहुत बड़ा था; क्योंकि वे अपने पिता के धोखे की वास्तविकता और जिस पारिवारिक विश्वास को उन्होंने हलके में लिया था, उसे खोने की वास्तविकता से उबरने के लिए संघर्ष कर रहे थे।

परिवार के भीतर दरारें स्पष्ट हो गईं; क्योंकि दोष, क्रोध और आक्रोश ने उनके रिश्तों को खत्म कर दिया। विश्वासघात ने उन बंधनों को तोड़ दिया, जो कभी उन्हें एक साथ बाँधे हुए थे और पीछे एक खालीपन छोड़ गए, जिसे भरना असंभव लग रहा था। भाई-बहन की प्रतिद्वंद्विता उभरी, जो उनके जीवन में व्याप्त पीड़ा और भ्रम से प्रेरित थी। एक समय एकजुट रहनेवाला परिवार अब बिखर गया था। प्रत्येक सदस्य अपने-अपने दर्द से जूझ रहा था और अपने-अपने तरीके से सांत्वना ढूँढ़ रहा था।

नटवरलाल के कार्यों का प्रभाव उसके परिवार पर उसके धोखे के तत्काल बाद से भी अधिक था। उसके छल व विश्वासघात के निशान उन्हें परेशान करते रहे, जिससे उनके भविष्य के रिश्तों और विश्वास की धारणाओं को आकार मिला। उनके प्रियजनों द्वारा सहे गए भावनात्मक आघात को ठीक होने में समय लगा, जिसके लिए क्षमा, चिकित्सा और टूटे हुए विश्वास के पुनर्निर्माण की प्रक्रिया की आवश्यकता थी।

अराजकता और दर्द के बीच परिवार को नटवरलाल के अपराधों में अपनी संलिप्तता का सामना करने के लिए मजबूर होना पड़ा; जबकि वे अनजाने भागीदार थे। अपराध-बोध का बोझ उनके कंधों पर भारी था।

उन्होंने अपने स्वयं के निर्णय, धोखे के जाल को समझने में असमर्थता और नटवरलाल के साथ उनके संबंधों के उनके जीवन पर होनेवाले परिणामों पर सवाल उठाए।

नटवरलाल उर्फ मिथिलेश कुमार श्रीवास्तव की कहानी अपने पीछे दु:साहस, चालाकी और एक व्यक्ति के पापों के कारण टूटे हुए परिवार पर पड़नेवाले विनाशकारी प्रभाव का एक शक्तिशाली आख्यान छोड़ती है। उसके प्रियजनों द्वारा सही गई टूटन, दर्द एवं विश्वासघाती धोखे के दूरगामी परिणामों और पारिवारिक बंधनों की स्थायी शक्ति की मार्मिक याद दिलाती है।

□

31

आग से खेलना

नटवरलाल की आपराधिक गतिविधियाँ आग से खेलने के समान थीं। उसकी हर चाल जोखिम और अनिश्चितता से भरी थी। उसके व्यापक घोटालों की प्रकृति का अर्थ था कि एक भी गलत कदम उसके धोखे को उजागर कर सकता था, जिससे सावधानीपूर्वक बनाई गई उसकी दुनिया का खुलासा हो सकता था। फिर भी, खेल के रोमांच और अपार वित्तीय लाभ की चाहत से प्रेरित होकर वह इस उच्च दाँव वाले माहौल में फला-फूला।

नटवरलाल को जिन प्रमुख खतरों का सामना करना पड़ा, उनमें से एक जोखिम का लगातार खतरा था। उसके अपराध का पैमाना जितना बड़ा होगा, कानून प्रवर्तन एजेंसियों और सतर्क पीड़ितों द्वारा पता लगाए जाने की संभावना उतनी ही अधिक होगी। प्रत्येक सफल घोटाले ने उसकी प्रोफाइल को बढ़ा दिया और उसकी गतिविधियों पर ध्यान आकर्षित किया, जिससे उस पर जाँच तेज हो गई। फिर भी, वह एक कदम आगे रहने के लिए अपनी बुद्धि और चालाकी का उपयोग करते हुए चतुराई से पता लगाने की रेखा के चारों ओर नाचता रहा।

नटवरलाल के आपराधिक प्रयासों में निहित एक और जोखिम उसके समर्थकों एवं सहयोगियों की अस्थिरता थी। जिन जटिल नेटवर्कों पर वह भरोसा करता था, वे स्वार्थ से प्रेरित व्यक्तियों से भरे हुए थे और वफादारी हमेशा क्षणभंगुर थी। एक भी विश्वासघात या गलत संचार उसके पतन का

कारण बन सकता था, जिससे उसके लिए अपने सहयोगियों की विश्वसनीयता का लगातार आकलन करना और जानकारी पर मजबूत पकड़ बनाए रखना महत्त्वपूर्ण हो जाता था।

नटवरलाल की हर हरकत पर उसकी हरकतों का कानूनी असर भी मँडराता रहता था। जैसे-जैसे उसकी योजनाओं का दायरा और जटिलता बढ़ती गई, वैसे-वैसे उसके पकड़े जाने पर संभावित परिणाम भी बढ़ते गए। धोखाधड़ी एवं वित्तीय अपराधों के लिए कारावास और पर्याप्त जुरमाने सहित गंभीर दंड का प्रावधान किया गया। उसके कार्यों के लिए जवाबदेह ठहराए जाने की लगातार धमकी ने उसके द्वारा खेले जानेवाले खेल की तीव्रता को बढ़ा दिया।

इसके अलावा, नटवरलाल का अवैध लाभ अपने साथ कई खतरे भी लेकर आया। धोखाधड़ी के माध्यम से बड़ी मात्रा में धन-संचय ने अपराधियों और प्रतिद्वंद्वी संगठनों का ध्यान आकर्षित किया, जो हिस्सेदारी का दावा करने के लिए उत्सुक थे। अपहरण, जबरन वसूली और उसकी निजी सुरक्षा के लिए खतरा लगातार ऐसे जोखिम थे, जिनसे उसे निपटना पड़ा। वह लगातार खतरे में रहता था। उसे हमेशा पता रहता था कि उसके आपराधिक कारनामों के गंभीर परिणाम हो सकते हैं।

नटवरलाल का दुःसाहस और जोखिम लेने की भूख—दोनों ही उसकी सबसे बड़ी संपत्ति एवं कमजोरी थीं। हालाँकि, उसने उसे आश्चर्यजनक गलतियाँ करने और भारी धन-संचय करने में सक्षम बनाया, लेकिन उसने उसे अतिशयोक्ति और अभिमान के प्रति असुरक्षित भी छोड़ दिया। सफलता व विफलता के बीच की रेखा बहुत पतली थी और वह इस ज्ञान के साथ चला कि एक भी गलत निर्णय उनके पतन का कारण बन सकता है।

बाल-बाल बचना नटवरलाल के आपराधिक कॅरियर का एक अंतर्निहित हिस्सा था। वह अकसर खुद को बेनकाब होने के कगार पर पाता था और अकसर कानून के चंगुल से या अपने पीड़ितों के क्रोध से बाल-बाल बच जाता था। चाहे यह भाग्य का एक झटका था, आखिरी मिनट में ध्यान भटकाना

था या सावधानीपूर्वक बनाई गई भागने की योजना थी, वह बार-बार पकड़ने से बच निकलने में कामयाब रहा। उसके बच निकलने की उन कामयाबियों ने ही उसके दुःसाहस को बढ़ावा दिया और खतरनाक खेल खेलना जारी रखने के उसके संकल्प को मजबूत किया।

आग से खेलना उसकी कार्य-प्रणाली थी और वह गणनात्मक सटीकता के साथ आपदा के किनारे पर नृत्य करता था। रोमांच, खतरे और बाल-बाल बचाव ने उसके आपराधिक कॅरियर को भाग्य और बरबादी के बीच एक अनिश्चित रस्सी पर चलनेवाला बना दिया।

पकड़ से बचने की नटवरलाल की क्षमता असाधारण से कम नहीं थी। बार-बार उसने कानून प्रवर्तन एजेंसियों के प्रयासों को खारिज कर दिया, जिससे वे न्याय की तलाश में भ्रमित और निराश हो गए। उसका कुशलतापूर्वक बच निकलना उसकी बुद्धिमत्ता, साधन-संपन्नता और अपने पीछा करनेवालों से एक कदम आगे रहने के अटूट दृढ़ संकल्प का प्रमाण था।

नटवरलाल भागने में भी सावधानीपूर्ण योजना बनाने और समय का उपयोग करता था। वह कानून प्रवर्तन की गतिविधियों का ध्यानपूर्वक निरीक्षण करता, उनके संचालन में कमजोरियों की पहचान करता और भेद्यता के क्षणों का लाभ उठाता। चाहे वह बदलाव का लाभ उठाना हो, ध्यान भटकाने का लाभ उठाना हो या निगरानी में एक क्षणिक चूक का लाभ उठाना हो, उसने अपने साहसी भागने के अवसरों का लाभ उठाया।

उसके पास अपना पीछा करनेवालों के कार्यों का पूर्वानुमान लगाने और उस ज्ञान का उपयोग अपने लाभ के लिए करने की अद्भुत क्षमता थी। वह अकसर जाँचकर्ताओं को गुमराह करता था, झूठे रास्ते और धोखे छोड़ता था, जिससे उनका ध्यान भटक जाता था और वह बिना पहचाने ही निकल जाता था। अधिकारियों से दो कदम आगे रहने की उसकी क्षमता ने उसके आपराधिक व्यक्तित्व में रहस्य का भाव जोड़ दिया।

□

32
अभिजात वर्ग से ठगी

नटवरलाल की अभिजात वर्ग को धोखा देने की क्षमता उसके दुःसाहस, आकर्षण और उच्च कोटि की चालाकी का प्रमाण थी। उसने ऐसे व्यक्तियों को निशाना बनाया, जो शक्तिशाली, प्रभावशाली और आर्थिक रूप से सुरक्षित माने जाते थे। उसके धन, संपर्क और सामाजिक प्रतिष्ठा तक पहुँच पाने का आकर्षण उसके लिए अप्रतिरोध्य साबित हुआ और उसने उन हाई-प्रोफाइल पीड़ितों पर अपना ध्यान केंद्रित किया।

नटवरलाल ने अभिजात वर्ग को धोखा देने के लिए जो रणनीति अपनाई, उनमें से एक थी, सोशल इंजीनियरिंग में उसकी महारत। उसने अपने लक्ष्य के सामाजिक दायरे, जीवन-शैली के पैटर्न और प्राथमिकताओं का सूक्ष्मता से अध्ययन किया। उनके जीवन के बारे में अंतर्दृष्टि प्राप्त करके वह उनकी विशिष्ट इच्छाओं और कमजोरियों के अनुरूप अपने विचारों को तैयार कर सकता था। चाहे वह विशेष निवेश के अवसरों का वादा करना हो, प्रतिष्ठित क्लबों एवं संगठनों के साथ संपर्क की पेशकश करना हो या उनके अहंकार से खेलना हो, उसने अपने हाई-प्रोफाइल पीड़ितों को लुभाने और धोखा देने के लिए अपनी साजिश रची।

अभिजात वर्ग के साथ सहजता से घुलने-मिलने की उसकी क्षमता ने उसकी सफलता में महत्त्वपूर्ण भूमिका निभाई। उसने खुद को उनमें से एक के रूप में प्रस्तुत किया—एक परिष्कृत, अच्छी तरह से जुड़ा हुआ व्यक्ति, जो

अपने हितों और आकांक्षाओं को साझा करता था। उसके आकर्षण, करिश्मे और त्रुटिहीन व्यक्तित्व ने उसे उनके सामाजिक दायरे का एक स्वीकृत सदस्य बना दिया, जिससे उसे उनका विश्वास हासिल करने और उनके आंतरिक दायरे तक पहुँचने की अनुमति मिली।

विशिष्टता का आकर्षण और असाधारण रिटर्न का वादा अभिजात्य वर्ग को निशाना बनानेवाले नटवरलाल के मुख्य घटक थे। उसने विलासिता, शक्ति और वित्तीय लाभ के लिए उनकी इच्छाओं का शोषण किया तथा ऐसे अवसर प्रदान किए, जो सच होने के लिए बहुत अच्छे लगते थे। वह अपनी योजनाओं के चारों ओर गोपनीयता का माहौल बना देता, उन्हें अंदरूनी सौदे या दुर्लभ निवेश के अवसरों के रूप में स्थापित करता, जो केवल कुछ चुनिंदा लोगों के लिए उपलब्ध थे। इस विशिष्टता एवं असाधारण रिटर्न के वादे ने उसके पीड़ितों के लालच को बढ़ावा दिया और उन्हें जोखिमों के प्रति उपेक्षित कर दिया।

नटवरलाल की अभिजात वर्ग को निशाना बनाने की साजिशों में अकसर विस्तृत चालें और सहयोगियों के जटिल नेटवर्क शामिल होते थे। वह काल्पनिक कंपनियाँ एवं नकली दस्तावेज बनाता था और अपने घोटालों को विश्वसनीयता प्रदान करने के लिए अभिनेताओं तथा अंदरूनी लोगों की एक टीम को नियुक्त करता था। सावधानीपूर्वक बनाई गई इन योजनाओं ने उसे अपने पीड़ितों का विश्वास हासिल करने और वैधता का भ्रम बनाए रखने की अनुमति दी—तब भी, जब सबकुछ धोखे की नींव पर बनाया गया था।

नटवरलाल की साजिश का शिकार बनने के परिणाम उसके हाई-प्रोफाइल पीड़ितों के लिए विनाशकारी थे। वित्तीय घाटे के अलावा उनकी प्रतिष्ठा धूमिल हो गई और दूसरों पर उनका भरोसा टूट गया। शक्ति और प्रभाव का इस्तेमाल करने के आदी उन व्यक्तियों ने खुद को असुरक्षित स्थिति में पाया और उनके फैसले एवं ईमानदारी पर सवाल उठाए गए। अभिजात वर्ग के जीवन पर नटवरलाल के धोखे का प्रभाव वित्तीय हानि के दायरे से कहीं अधिक था।

नटवरलाल की अभिजात वर्ग को धोखा देने की क्षमता मानव स्वभाव की उनकी समझ और शक्ति की गतिशीलता के कुशल हेर-फेर का प्रमाण थी। उसने इस धारणा को खारिज कर दिया कि अमीर तथा प्रभावशाली लोग धोखे, अपनी कमजोरियों को उजागर करने और व्यक्तिगत लाभ के लिए अपनी इच्छाओं का शोषण करने से प्रतिरक्षित थे।

उसके सामाजिक दायरे में घुसपैठ करने, अपनी इच्छाओं को उनकी इच्छाओं के अनुरूप ढालने और विशिष्टता का भ्रम बनाए रखने की उसकी क्षमता धोखे की कला में उसकी महारत को दरशाती है कि कोई भी धोखे से अछूता नहीं है, चाहे उसकी स्थिति या धन कुछ भी हो; और यह विश्वास उन लोगों द्वारा चकनाचूर किया जा सकता है, जो हमारी गहरी इच्छाओं का लाभ उठाना जानते हैं।

□

33

धोखे का अड्डा

नटवरलाल का धोखे का अड्डा एक ऐसा क्षेत्र था, जहाँ वास्तविकता भ्रम से धुँधली हो गई थी और विश्वास एक दुर्लभ वस्तु थी। यह एक ऐसी जगह थी, जहाँ उसने सावधानीपूर्वक अपनी साजिश रची, व्यक्तियों को बरगलाया और अपनी आपराधिक गतिविधियों को अंजाम दिया। उस गुप्त दुनिया को कानून प्रवर्तन की चुभती नजरों से बचाया गया, जिससे उसे दंड से मुक्ति के साथ काम करने की अनुमति मिल गई।

अपने धोखे के अड्डे के भीतर नटवरलाल ने भरोसेमंद साथियों का एक नेटवर्क स्थापित किया, जिन्होंने उसके आपराधिक कृत्यों में उसकी सहायता की। उन व्यक्तियों ने विभिन्न भूमिकाएँ निभाईं, गोपनीय जानकारी प्रदान करनेवाले अंदरूनी सूत्रों से लेकर उनकी योजनाओं में काल्पनिक पात्रों को चित्रित करनेवाले अभिनेताओं तक। नटवरलाल के प्रति उनकी निष्ठा और अटूट प्रतिबद्धता उसके संचालन की अखंडता को बनाए रखने में महत्त्वपूर्ण थी।

धोखे का अड्डा भौतिक स्थानों तक ही सीमित नहीं था। नटवरलाल अपनी धोखाधड़ी की गतिविधियों को आगे बढ़ाने के लिए प्रौद्योगिकी की शक्ति का उपयोग करते हुए डिजिटल क्षेत्र में भी काम करता था। उसने अपने ट्रैक को छुपाने और पहचान से बचने के लिए संचार, एन्क्रिप्शन और डेटा हेर-फेर के परिष्कृत तरीकों का इस्तेमाल किया। धोखे के इस डिजिटल जाल ने उसे गुमनामी बनाए रखने और सीमाओं के पार आसानी से काम करने की अनुमति दी।

नटवरलाल के धोखे के अड्डे का एक प्रमुख तत्त्व काल्पनिक पहचान और कंपनियों का निर्माण था। वह अपने कार्यों को वैधता प्रदान करने के लिए फर्जी निगम स्थापित करता, नकली दस्तावेज बनाता और वित्तीय रिकॉर्ड बनाता। इन भ्रामक परतों ने एक धुँधले परदे की तरह काम किया, जिससे अधिकारियों के लिए सच्चाई को उजागर करना और बिंदुओं को जोड़ना चुनौतीपूर्ण हो गया।

नटवरलाल के धोखे का अड्डा मनी लॉण्ड्रिंग और वित्तीय हेर-फेर की एक जटिल प्रणाली द्वारा भी चिह्नित था। वह बैंकिंग नियमों में खामियों का लाभ उठाता, विदेशी खातों का उपयोग करता और अपने गलत तरीके से कमाए गए धन के स्रोत को अस्पष्ट करने के लिए जटिल योजनाएँ अपनाता। इस वित्तीय छल ने न केवल उसकी संपत्ति की रक्षा की, बल्कि उसे अपनी आपराधिक गतिविधियों को वित्त-पोषित करने और एक शानदार जीवन-शैली बनाए रखने की भी अनुमति दी।

धोखे के अड्डे के भीतर नटवरलाल ने मनोवैज्ञानिक हेर-फेर की कला में महारत हासिल कर ली। उसने मानव स्वभाव को समझा और अपने लक्ष्य की इच्छाओं, भय एवं कमजोरियों का लाभ उठाया। विश्वास की भावना पैदा करने, आकर्षण से धोखा देने और दूसरों को अपने हितों के विरुद्ध कार्य करने के लिए मनाने की उसकी क्षमता उसका सबसे बड़ा हथियार थी। इस मनोवैज्ञानिक हेर-फेर ने उसे अपने विपक्ष में एक शक्तिशाली लाभ दिया तथा अपने पीड़ितों पर उसका नियंत्रण और मजबूत कर दिया।

धोखे का अड्डा एक ऐसी जगह थी, जहाँ नटवरलाल का करिश्मा और आकर्षण चमकता था। वह अपने लक्ष्यों का विश्वास और प्रशंसा प्राप्त करते हुए विभिन्न सामाजिक हलकों में सहजता से घुल-मिल जाता था। उसके चुंबकीय व्यक्तित्व ने उसे व्यक्तियों को निहत्था करने की अनुमति दी, जिससे वे उसकी योजनाओं के प्रति अधिक संवेदनशील हो गए। भावनाओं में हेर-फेर करने और दूसरों की इच्छाओं से खेलने की उसकी क्षमता ने धोखे के मास्टर के रूप में उसकी प्रतिष्ठा को मजबूत किया।

धोखे की माँद में नटवरलाल ने गणनात्मक सटीकता के साथ काम किया। प्रत्येक कदम, प्रत्येक बातचीत और प्रत्येक निर्णय उसके उद्देश्यों को प्राप्त करने की दिशा में एक सावधानीपूर्वक एवं सुव्यवस्थित कदम था। उसने दु:साहस और सावधानी के बीच एक नाजुक संतुलन बनाए रखा, जो हमेशा अपने कार्यों के जोखिमों व परिणामों के प्रति सचेत रहता था।

उसके द्वारा बनाए गए विश्वास, चालाकी और भ्रम के जाल ने उसे एक ऐसे क्षेत्र में काम करने की अनुमति दी, जहाँ वास्तविकता धुँधली थी और धोखा सर्वोच्च था।

□

34
भ्रम का जीवन

नटवरलाल का जीवन भ्रम की नींव पर बना था, जहाँ सच और झूठ एक-दूसरे से जुड़े हुए थे। कम उम्र से ही उसमें जोड़-तोड़ की स्वाभाविक प्रतिभा और भ्रामक कथाएँ रचने की प्रवृत्ति थी। समय के साथ निखारे गए इन कौशलों ने उसे एक वैकल्पिक वास्तविकता को गढ़ने और कई पहचानें अपनाने की अनुमति दी।

नटवरलाल के मायावी जीवन के मूल में अनुकूलन और परिवर्तन करने की क्षमता थी। वह अपने उद्देश्यों के अनुरूप अपनी उपस्थिति, तौर-तरीके और भाषण में बदलाव करके अलग-अलग व्यक्तित्वों में सहजता से ढल सकता था। इस गिरगिट जैसी गुणवत्ता के कारण अन्य लोगों के लिए उनके द्वारा प्रस्तुत सावधानी से तैयार किए गए पहलुओं से असली नटवरलाल को पहचानना मुश्किल हो गया।

नटवरलाल द्वारा बनाया गया भ्रम उसकी शारीरिक बनावट से कहीं आगे तक फैला हुआ था। उसने मनगढ़ंत पारिवारिक इतिहास, शैक्षिक उपलब्धियों और पेशेवर अनुभवों से परिपूर्ण विस्तृत पृष्ठभूमि वाली कहानियों को कुशलतापूर्वक तैयार किया। इन काल्पनिक आख्यानों ने उसके व्यक्तित्व को विश्वसनीयता प्रदान की, जिससे उसके लिए अपने पीड़ितों और सहयोगियों का विश्वास हासिल करना आसान हो गया।

नटवरलाल के मायावी जीवन का एक प्रमुख तत्त्व उसके धोखे

की विश्वसनीयता को बढ़ाने के लिए सहारा और सहायक उपकरण का उपयोग करना था। वह ऐसे दस्तावेज, तसवीरें और व्यक्तिगत वस्तुएँ ले जाता था, जो उसकी झूठी पहचान का समर्थन करती थीं। उस मंचीय सामग्री ने प्रामाणिकता की भावना पैदा की और दुनिया के सामने प्रस्तुत भ्रम को मजबूत किया।

नटवरलाल का मायावी जीवन दूसरों के साथ बातचीत तक ही सीमित नहीं था। उसने अपने परिवेश को सावधानीपूर्वक व्यवस्थित किया, यह सुनिश्चित करते हुए कि उसके पर्यावरण का हर पहलू उसके निवास-स्थान के व्यक्तित्व के अनुरूप हो। उसके आवासों की सजावट से लेकर उसकी अलमारी के कपड़ों तक, भ्रम को बनाए रखने और उसकी चुनी हुई पहचान को मजबूत करने के लिए हर चीज को सावधानीपूर्वक चुना गया था।

नटवरलाल के धोखे की कलात्मकता निजी बातचीत के दायरे से परे तक फैली हुई थी। उसने अपने पीड़ितों के मन में भ्रम पैदा करने के लिए, उनकी इच्छाओं, भय और कमजोरियों के आधार पर विभिन्न तकनीकों का इस्तेमाल किया। मानव मनोविज्ञान का लाभ उठाने और भावनाओं में हेर-फेर करने की उसकी क्षमता ने उसे उन लोगों पर नियंत्रण और प्रभाव डालने की अनुमति दी, जिन्हें उसने लक्षित किया था।

नटवरलाल का भ्रम केवल धोखे पर आधारित नहीं था। उसने अपने सच्चे इरादों और कार्यों से ध्यान भटकाकर गुमराह करने की कला में भी महारत हासिल कर ली। ध्यान कहीं और केंद्रित करके वह निर्दोषता का भ्रम कायम रख सकता था, संदेह को दूर कर सकता था तथा धोखे पर बनी दुनिया में खुद को और मजबूत कर सकता था।

नटवरलाल द्वारा रचे गए भ्रम परिणाम से रहित नहीं थे। उसने अपने पीछे टूटे हुए भरोसे, बिखरती जिंदगियों और वित्तीय बरबादी का निशान छोड़ा। उसके धोखे के शिकार लोग इसके परिणामों से जूझ रहे थे और अपने नुकसान की वास्तविकता को उसके द्वारा प्रस्तुत किए गए भ्रमों के साथ समेटने के लिए संघर्ष कर रहे थे।

हालाँकि, नटवरलाल का मायावी जीवन अपनी जटिलताओं से रहित नहीं था। सावधानी से बनाए गए मुखौटे के पीछे एक व्यक्ति महत्त्वाकांक्षा, धन की इच्छा और सत्ता की भूख से प्रेरित था। उसके द्वारा रचे गए भ्रमों ने भी उसे फँसा दिया, जिससे उसके लिए वास्तविकता और उसके द्वारा बनाई गई वैकल्पिक दुनिया के बीच अंतर करना चुनौतीपूर्ण हो गया। धोखे का जटिल जाल, उसके धोखे की कलात्मकता और उसके भ्रम के परिणाम—सभी धारणा की शक्ति और मानवीय सरलता की गहराई के प्रमाण के रूप में काम करते थे।

□

35

अंतिम स्कोर

नटवरलाल हमेशा धन, शक्ति की प्यास और अपने लक्ष्य को चकमा देने के रोमांच से प्रेरित था। अपने लंबे और शानदार कॅरियर के दौरान उसने कई सफल काम किए, जिनमें से प्रत्येक पिछले से भी अधिक साहसपूर्ण था। लेकिन उसके मन में जो आखिरी स्कोर था, वह उसका अब तक का सबसे साहसपूर्ण और महत्त्वाकांक्षी होगा।

नटवरलाल की आखिरी डकैती का निशाना कोई और नहीं, बल्कि मशहूर अरबपति रवि कपूर थे। श्री कपूर वित्त की दुनिया की एक प्रमुख हस्ती, अपनी विशाल संपत्ति, व्यापक कला-संग्रह और असाधारण जीवन-शैली के लिए जाने जाते थे। एक एकांत द्वीप पर स्थित उनकी हवेली में दुनिया के कुछ दुर्लभ और सबसे मूल्यवान् खजाने रखे हुए थे।

नटवरलाल की सावधानीपूर्ण योजना, विस्तृत टोही और उसके संपर्कों के व्यापक नेटवर्क के उपयोग की उत्कृष्ट कृति थी। उसने खुफिया जानकारी इकट्ठा करने, रवि कपूर की हवेली के लेआउट का अध्ययन करने और उसकी सुरक्षा-प्रणाली में कमजोरियों की पहचान करने में कई महीने बिताए।

डकैती के लिए कुशल व्यक्तियों की एक टीम की आवश्यकता थी, जिनमें से प्रत्येक के पास विशिष्ट प्रतिभा हो। नटवरलाल ने विशेषज्ञों की एक टीम इकट्ठी की—अद्वितीय कौशलवाला एक सुरक्षाकर्मी, वेश बदलने में

माहिर, सबसे उन्नत सुरक्षा-प्रणालियों में भी घुसपैठ करने में सक्षम एक हैकर और विस्तार पर नजर रखनेवाला।

योजना में बहु-स्तरीय दृष्टिकोण शामिल था, जिसमें प्रत्येक टीम सदस्य अपनी भूमिका को त्रुटिहीन ढंग से निष्पादित कर रहा था। रवि कपूर के खजाने की रक्षा करने वाले अत्याधुनिक सुरक्षा उपायों पर नियंत्रण पाने के लिए सेफक्रैकर ने लगन से काम किया। वेश बदलने के मास्टर ने यह सुनिश्चित किया कि डकैती के दौरान नटवरलाल कर्मचारियों के साथ सहजता से घुल-मिल सके। हैकर ने जटिल अलार्म सिस्टम को दरकिनार कर दिया, जिससे उनकी उपस्थिति का कोई निशान नहीं बचा और चौकसी ने यह सुनिश्चित किया कि उन पर नजर न रखी जाए।

जैसे ही दल ने डकैती को अंजाम दिया, अप्रत्याशित चुनौतियाँ सामने आईं। जिन सुरक्षा उपायों पर ध्यान नहीं दिया गया, कर्मियों में अप्रत्याशित परिवर्तन और अप्रत्याशित बदलावों ने सावधानीपूर्वक तैयार की गई योजना को पटरी से उतारने की ठान ली; हालाँकि, नटवरलाल की त्वरित सोच के साथ टीम के लचीलेपन और अनुकूलनशीलता ने उन्हें प्रत्येक बाधा को पार करने और आगे बढ़ने की अनुमति दी।

दाँव ऊँचे थे—डकैती की सफलता का अर्थ था—अकल्पनीय धन और नटवरलाल के धोखे के जीवन से विजयी निकास! दूसरी ओर, विफलता न केवल उसके सपनों को चकनाचूर कर देगी, बल्कि उसके पतन और अधिकारियों द्वारा पकड़े जाने का कारण भी बनेगी।

जैसे ही दल अपने लक्ष्य के करीब पहुँचा, तनाव बढ़ गया—वह तिजोरी, जिसमें कपूर की सबसे बेशकीमती संपत्ति थी, ताले और सुरक्षा उपायों की एक जटिल शृंखला के माध्यम से पैंतरेबाजी करते समय सेफक्रैकर के कौशल को अंतिम परीक्षण में रखा गया था। साँस रोककर टीम सच्चाई के पल का इंतजार कर रही थी।

प्रतीक्षा के चरमोत्कर्ष पर तिजोरी अंततः सेफक्रैकर की विशेषज्ञता के आगे झुक गई। दल की नजर भीतर के खजानों पर पड़ी—अनमोल रत्न, दुर्लभ

कलाकृतियाँ और कला के काम, जो सदियों के इतिहास एवं अपार मूल्य का प्रतिनिधित्व करते हैं। यह विजय का क्षण था—महीनों की योजना की परिणति और नटवरलाल की सबसे बड़ी महत्त्वाकांक्षा की प्राप्ति।

हालाँकि, कहानी में एक अप्रत्याशित मोड़ आया। जैसे ही नटवरलाल खजाने के बीच खड़ा हुआ, उसके मन में अहसास की लहर दौड़ गई। डकैती का रोमांच, धन की खोज और अपने लक्ष्य को चकमा देने की संतुष्टि अचानक उसके कार्यों के वजन और उसके द्वारा किए गए परिणामों की तुलना में फीकी पड़ गई।

छुटकारे के एक आश्चर्यजनक कार्य में नटवरलाल ने एक ऐसा निर्णय लिया, जिसने उसके भाग्य को हमेशा के लिए बदल दिया। खजाने को अपने लिए लेने की बजाय, उसने उन्हें उनके असली मालिकों को लौटाने का फैसला किया—उस दुनिया में, जहाँ से उन्हें लिया गया था। यह चिंतन का एक गहन क्षण था, यह अहसास कि उनकी विरासत का असली माप उसके द्वारा एकत्र की गई संपत्ति में नहीं, बल्कि उसके द्वारा चुने गए विकल्पों में निहित है।

यह उसके चरित्र की जटिलताओं को प्रकट करता है—उसके स्वभाव का द्वंद्व, धन की खोज बनाम मुक्ति की लालसा। यह सफलता को परिभाषित करने की हमारी समझ को चुनौती देता है और हमें सही और गलत की सीमाओं पर सवाल उठाने पर मजबूर कर देता है।

□

36

बदनामी की छाया

नटवरलाल का नाम धोखे और चालाकी का पर्याय बन गया। उसकी दुःसाहसपूर्ण साजिशों, जटिल योजनाओं एवं मायावी व्यक्तित्व ने जनता का ध्यान खींचा और उसे कुख्यात अपराधियों में जगह दिलाई। उसके कार्यों से उत्पन्न बदनामी की छाया उसके कारनामे समाप्त होने के बाद भी लंबे समय तक बनी रही।

मीडिया ने नटवरलाल की कुख्याति को बढ़ाने में महत्त्वपूर्ण भूमिका निभाई। उसके कारनामों की सुर्खियाँ अखबारों और पत्रिकाओं में छा गईं। पाठकों को उसकी साहसिक डकैतियों और वेश बदलने की रोचक कहानियों ने मंत्रमुग्ध कर दिया। टेलीविजन प्रसारण एवं वृत्तचित्रों ने उसकी कहानी को और अधिक सनसनीखेज बना दिया, जिससे एक चालाक मास्टरमाइंड की छवि कायम हो गई, जो बार-बार पकड़ से बाहर हो गया था।

नटवरलाल के आपराधिक कारनामों के प्रति जनता का आकर्षण उसके वास्तविक अपराधों से कहीं आगे तक बढ़ गया। वह लोककथाओं का विषय, साजिश और रहस्य का प्रतीक बन गया। शहरी किंवदंतियाँ एवं अफवाहें उसके ठिकाने, उसकी छिपी हुई संपत्ति और तेज-तर्रार कानून प्रवर्तन एजेंसियों को भी मात देने की उसकी क्षमता के बारे में फैल गईं।

हालाँकि, नटवरलाल के प्रति जनता के आकर्षण की सतह के नीचे एक गहरी अंतर्धारा छिपी हुई थी—एक ऐसे व्यक्ति की चालाकी और दुःसाहस

के प्रति एक रुग्ण आकर्षण, जिसने अनगिनत व्यक्तियों की कमजोरियों का फायदा उठाया था। उसके अपराध विश्वास की अंतर्निहित कमजोरी और उस आसानी की याद दिलाते हैं, जिसके साथ सबसे समझदार व्यक्ति भी धोखे का शिकार हो सकते हैं।

नटवरलाल के अपराधों से उत्पन्न बदनामी की छाया न केवल उसके अपने जीवन तक, बल्कि उससे जुड़े लोगों पर भी पड़ी। दोस्तों, परिवार और यहाँ तक कि परिचितों ने खुद को सुर्खियों में पाया, संगति द्वारा जाँच एवं संदेह का विषय बनाया। वे एक ऐसी कहानी में अनजाने खिलाड़ी बन गए, जो धोखे और विश्वासघात के इर्द-गिर्द घूमती थी।

नटवरलाल की बदनामी की स्थायी विरासत कानून प्रवर्तन और न्याय प्रणाली के क्षेत्र पर उसके प्रभाव में भी परिलक्षित होती है। लगातार पकड़ से बचने की उसकी क्षमता ने अधिकारियों की प्रभावकारिता को चुनौती दी और जाँच तकनीकों एवं सुरक्षा उपायों का पुनर्मूल्यांकन किया। उसके कारनामे आपराधिक अंडरवर्ल्ड से एक कदम आगे रहने की कोशिश करनेवाली कानून प्रवर्तन एजेंसियों के लिए केस स्टडीज, सावधान करनेवाली कहानियाँ और प्रेरणा के स्रोत बन गए।

विडंबना के मोड़ में नटवरलाल की बदनामी भी बदलाव का उत्प्रेरक बनी। उसके अपराधों और उनसे उत्पन्न सार्वजनिक आकर्षण ने धोखेबाजों द्वारा अपनाई जानेवाली रणनीति के बारे में अधिक जागरूकता, सतर्कता और शिक्षा की आवश्यकता पर प्रकाश डाला। उसके जीवन से जुड़ी कथा जनता को घोटालों के खतरों, संदेह के महत्त्व और आसानी से प्राप्त हो जानेवाले धन के आकर्षण से खुद को बचाने की आवश्यकता के बारे में शिक्षित करने का एक अवसर बन गई।

एक चेतावनी कि आपराधिक अंडरवर्ल्ड का आकर्षण क्षणभंगुर है, धोखे की छाया अंततः सच्चाई की कठोर रोशनी को रास्ता देती है।

□

37

बिल्ली और चूहे का खेल

जैसा कि स्पष्ट है, नटवरलाल की आपराधिक गतिविधियों ने देश भर की कानून प्रवर्तन एजेंसियों का ध्यान अपनी ओर खींचा। उसके अपराध के पैमाने और दुःसाहस ने उसे कुख्यात प्रतिष्ठा दिला दी थी, जिससे वह जाँचकर्ताओं के लिए सर्वोच्च प्राथमिकता बन गया था। नटवरलाल की तलाश में काफी कड़ी मशक्कत करनी पड़ी। कानून प्रवर्तन एजेंसियों ने उसे अदालत के कठघरे में लाने के लिए अपने सर्वोत्तम संसाधनों का इस्तेमाल किया।

कानून प्रवर्तन के सामने आनेवाली प्रमुख चुनौतियों में से एक नटवरलाल की मायावी प्रकृति थी। वह विभिन्न उपनामों के तहत काम करता था, बार-बार अपना रूप बदलता था और वफादार सहयोगियों का एक नेटवर्क बनाए रखता था, जो उसे अधिकारियों से बचाते थे। इन कारकों ने उसकी गतिविधियों पर नजर रखना और उसकी वास्तविक पहचान करना अविश्वसनीय रूप से कठिन बना दिया, जिससे उसका पीछा करने में हो रही कठिनाई की एक और परत जुड़ गई।

नटवरलाल को पकड़ने के लिए कई कानून प्रवर्तन एजेंसियाँ मिलकर काम कर रही थीं। उन्होंने उसकी आपराधिक गतिविधियों की पहुँच से निपटने के लिए जानकारी साझा की, संचालन का समन्वय किया और सीमा पार सहयोग में लगे रहे। धर-पकड़ का पैमाना नटवरलाल के अपराधों की गंभीरता और उसे न्याय के कठघरे में लाने के दृढ़ संकल्प को दरशाता है।

नटवरलाल और अधिकारियों के बीच चूहे-बिल्ली का खेल अकसर नाटकीय अंदाज में चलता था। बाल-बाल बचना और नजदीकी चूक सामान्य बात बन गई; क्योंकि वह अंतिम क्षणों में भागने में कामयाब रहता, जिससे जाँचकर्ता निराश हो जाते और अपने प्रयासों को दोगुना करने के लिए दृढ़ संकल्पित हो जाते। यह बुद्धि की लड़ाई थी, जहाँ हर कदम और निर्णय का दोनों पक्षों के लिए महत्त्वपूर्ण परिणाम होता था।

नटवरलाल की कानून प्रवर्तन की काररवाइयों का पूर्वानुमान लगाने की क्षमता उसकी तीव्र बुद्धि और सावधानीपूर्वक अवलोकन का प्रमाण थी। वह उनके तरीकों का अध्ययन करता, उनकी गतिविधियों पर नजर रखता और उनकी कमजोरियों का फायदा उठाता। एक कदम आगे रहकर वह बार-बार पकड़ से बचता रहा, जिससे जाँचकर्ताओं को पकड़ने के लिए संघर्ष करना पड़ा।

नटवरलाल की तलाश में जाँचकर्ताओं को कई शहरों में और यहाँ तक कि अंतरराष्ट्रीय सीमाओं पर भी, कड़ी मशक्कत करनी पड़ी। उसने सुरक्षित घर स्थापित करने, झूठी पहचान बनाने और अधिकारियों से आगे रहने के लिए आवश्यक संसाधनों को सुरक्षित करने के लिए अपने संपर्कों का लाभ उठाया। उनके संचालन की भौगोलिक चौड़ाई ने कानून प्रवर्तन के लिए अपने प्रयासों को प्रभावी ढंग से समन्वित करना चुनौतीपूर्ण बना दिया।

नटवरलाल की तलाश में परिष्कृत निगरानी तकनीक, गुप्त ऑपरेशन और मुखबिरों का व्यापक इस्तेमाल शामिल था। जाँचकर्ता खुफिया जानकारी इकट्ठा करते, जाल बिछाते और उसे पकड़ने की उम्मीद में छापेमारी करते; हालाँकि, भीड़ में घुलने-मिलने और अपनी इच्छानुसार गायब हो जाने की क्षमता के कारण उसे पकड़ना लगभग असंभव हो गया था।

नटवरलाल का पीछा जोखिम और बलिदान के बिना नहीं था। जाँचकर्ताओं ने अकसर अपने निजी जीवन और भलाई की कीमत पर मामले में अनगिनत घंटे समर्पित किए। लगातार पीछा करने से उनके मानसिक एवं

भावनात्मक स्वास्थ्य पर असर पड़ा, क्योंकि उनके लक्ष्य की मायावी प्रकृति ने उनके धैर्य और संकल्प की परीक्षा ली।

नटवरलाल और अधिकारियों के बीच चूहे-बिल्ली के खेल में मीडिया ने महत्त्वपूर्ण भूमिका निभाई। उसके आपराधिक कारनामों ने जनता का ध्यान खींचा और मीडिया कवरेज ने कानून प्रवर्तन एजेंसियों पर लोगों को न्याय दिलाने के लिए दबाव बढ़ा दिया। मीडिया ने दोधारी तलवार के रूप में काम किया। दोनों ने उसकी गतिविधियों पर प्रकाश डाला और उसे रहस्य की अपनी आभा बनाए रखने के लिए एक मंच प्रदान किया।

अधिकारियों ने अंत तक उस मायावी ठग को अदालत के कठघरे में लाने के लिए अथक प्रयास किए। वर्षों तक पकड़ से बचने के बाद नटवरलाल अवज्ञा का प्रतीक बन गया था; एक जीवित किंवदंती, जिसने उसे पकड़ने के अधिकारियों के प्रयासों का मजाक उड़ाया था। लेकिन उसका दु:साहसिक चरित्र और रहस्यमय व्यक्तित्व कानून व व्यवस्था बनाए रखने के लिए बनाए गए संस्थानों के लिए भी एक काँटा बन गया था। अधिकारियों के लिए अपनी शक्ति पुनः प्राप्त करने और फैंटम कॉनमैन से बदला लेने का समय आ गया था।

एक बार फिर, दुनिया भर में कानून प्रवर्तन एजेंसियों ने नटवरलाल का पता लगाने और उसे पकड़ने के उद्देश्य से एक दुर्जेय बल बनाने के लिए अपने प्रयासों, संसाधनों को एकत्र करने और खुफिया जानकारियाँ साझा करने का समन्वय किया। तलाश तेज हो गई और अधिकारियों पर उसे पकड़ने का दबाव अभूतपूर्व स्तर तक पहुँच गया। कानून प्रवर्तन की प्रतिष्ठा व विश्वसनीयता दाँव पर थी, और विफलता कोई विकल्प नहीं था।

अधिकारियों को पता था कि नटवरलाल को पकड़ने के लिए उन्हें उसकी तरह सोचने की जरूरत है। उन्होंने उसके तरीकों का अध्ययन किया, उसके पैटर्न का विश्लेषण किया और उसके अगले कदम का पूर्वानुमान लगाने की कोशिश की। पीछा करना एक मनोवैज्ञानिक लड़ाई बन गया—

रहस्यमय ठग और उसे नीचे धर दबोचने के लिए दृढ़ संकल्पित अधिकारियों के बीच बुद्धि की परीक्षा।

अधिकारियों के प्रतिशोध में एक महत्त्वपूर्ण मोड़ नटवरलाल के एक भरोसेमंद सहयोगी की गिरफ्तारी के साथ आया। पकड़े गए साथी ने, कानून के पूरे बोझ का सामना करते हुए, नटवरलाल के आंतरिक चक्र, उसकी कार्य-प्रणाली और यहाँ तक कि उसके छिपने के संभावित स्थानों के बारे में बहुमूल्य जानकारियाँ प्रदान कीं। इस सफलता ने नई आशा जगाई और अधिकारियों को उस मायावी ठग को पकड़ने के दृढ़ संकल्प को बढ़ावा दिया।

उन्नत निगरानी तकनीक का इस्तेमाल करते हुए अधिकारियों ने नटवरलाल पर शिकंजा कसना शुरू कर दिया। उन्होंने उसकी गतिविधियों पर नजर रखी, उसके संचार पर नजर रखी और सबूत इकट्ठा किए, जो उसके खिलाफ एक ठोस मामला बनाने में सहायक होते। जाल कसता जा रहा था और नटवरलाल को अपने चारों ओर की दीवारें बंद होती हुई महसूस हो रही थीं।

एक साहसी ऑपरेशन में कानून प्रवर्तन एजेंसियों ने नटवरलाल से जुड़े कई स्थानों पर सिलसिलेवार छापे मारे। सावधानी से भरे नियोजित ऑपरेशन में अंडरकवर एजेंटों, फॉरेंसिक विशेषज्ञों और सामरिक टीमों का एक व्यापक नेटवर्क शामिल था। यह बल का प्रदर्शन था—नटवरलाल को एक संदेश कि अधिकारी अपना बदला लेने के लिए तैयार हैं।

जैसे ही अधिकारी लामबंद हुए, नटवरलाल का एक मास्टर मैनिपुलेटर के रूप में असली कौशल सामने आ गया। उसने एक कदम आगे रहने के लिए अपनी बुद्धि, आकर्षण और कानून प्रवर्तन रणनीति के ज्ञान का उपयोग किया। उसने अधिकारियों की योजनाओं को बाधित करने के लिए धोखेबाजों को नियुक्त किया, विकर्षण पैदा किया और अपने वफादार सहयोगियों के नेटवर्क को नियोजित किया। यह बिल्ली और चूहे का खेल बन गया, जिसमें नटवरलाल लगातार पकड़ से बचता रहा।

अधिकारियों का बदला असफलताओं और लगभग चूक के बिना नहीं था। कानूनी खामियों का लाभ उठाने की नटवरलाल की क्षमता और कानून प्रवर्तन प्रणालियों की सीमाओं के बारे में उसकी समझ बड़ी बाधाएँ साबित हुईं। लेकिन फैंटम कॉनमैन को उसके कार्यों के लिए जवाबदेह ठहराए जाने के गहरे दृढ़ संकल्प से प्रेरित होकर अधिकारी डटे रहे।

निर्णायक क्षण तब आया, जब निगरानी प्रौद्योगिकी में एक सफलता ने अधिकारियों को नटवरलाल के स्थान का पता लगाने की अनुमति दी। हिसाब-किताब का क्षण आ गया था। एक सावधानीपूर्ण व नियोजित ऑपरेशन में कानून प्रवर्तन एजेंसियों ने नटवरलाल के ठिकाने को चहुँओर से घेर लिया, जिससे उसे भागने की कोई जगह नहीं मिली।

इसके बाद एक नाटकीय प्रदर्शन हुआ—अधिकारियों और फैंटम कॉनमैन के बीच इच्छा-शक्ति का टकराव। ऑपरेशन सटीकता के साथ शुरू हुआ, क्योंकि सामरिक टीमों ने ठिकाने को तोड़ दिया, नटवरलाल को पकड़ लिया और उसके धोखे के शासन को समाप्त कर दिया। अधिकारियों का लक्ष्य आखिरकार पूरा हुआ।

□

38

कुख्यात कोर्टरूम ड्रामा

जब नटवरलाल उर्फ मिथिलेश कुमार श्रीवास्तव, यानी रहस्यमय मास्टर ठग को आखिरकार अपने दुःसाहसिक आपराधिक कॅरियर के परिणामों का सामना करना पड़ा, तो दुनिया की निगाहें अदालत कक्ष की ओर टिक गईं, जहाँ न्याय होना था। मुकदमा एक ऐसा तमाशा था, जिसने जनता को मंत्रमुग्ध कर दिया, क्योंकि नटवरलाल के छल व धोखे के पीछे की सच्चाई अंततः उजागर हो गई थी।

अभियोजन पक्ष ने नटवरलाल के खिलाफ सबूतों का एक पहाड़ पेश किया, जिसमें उसकी धोखाधड़ी वाली योजनाओं, जाली दस्तावेजों और पीड़ितों के साथ विश्वासघात का सावधानीपूर्वक दस्तावेजीकरण किया गया। उन्होंने उसे व्यक्तियों, संस्थानों और यहाँ तक कि सरकारों की कमजोरियों का फायदा उठानेवाले एक मास्टर मैनिपुलेटर के रूप में चित्रित करने की कोशिश की। अभियोजन टीम ऐसी सजा सुनिश्चित करने के लिए प्रतिबद्ध थी, जो उसके अपराधों की गंभीरता को दरशाए।

दूसरी ओर, नटवरलाल की बचाव टीम ने अभियोजन पक्ष द्वारा प्रस्तुत साक्ष्य को चुनौती देने की माँग की। उन्होंने परिस्थितियों से प्रेरित और ऐसी दुनिया में जीवित रहने की इच्छा रखनेवाले एक जटिल व्यक्ति की तसवीर चित्रित की, जहाँ अवसर दुर्लभ थे। उन्होंने तर्क दिया कि नटवरलाल के इरादे दुर्भावनापूर्ण होने के बजाय जीवित रहने की विवशता थी। बचाव पक्ष का

उद्देश्य कुख्यात ठग का मानवीयकरण करना, उसे उसकी परिस्थितियों के उत्पाद के रूप में प्रस्तुत करना था।

कोर्टरूम ड्रामा हाई-प्रोफाइल गवाहों की उपस्थिति से और भी जोरदार हो गया था—दोनों नटवरलाल के अपराध के शिकार थे और वे लोग, जो उसके आपराधिक कॅरियर के दौरान उसके साथ आए थे, उनकी गवाही उसके कार्यों के प्रभाव, उसके कारण हुई वित्तीय बरबादी और उसके धोखे के पीछे छोड़े गए भावनात्मक घावों पर प्रकाश डालती है। भावनात्मक गवाहियों ने जनता का ध्यान खींचा और नटवरलाल के अपराधों के विनाशकारी परिणामों की एक झलक प्रदान की।

जैसे-जैसे मुकदमा आगे बढ़ा, अदालत कक्ष कानूनी रणनीतियों और युक्तियों का युद्धक्षेत्र बन गया। बचाव पक्ष ने गवाहों की विश्वसनीयता पर संदेह करने, सबूतों की स्वीकार्यता को चुनौती देने और जाँच की अखंडता पर सवाल उठाने की माँग की। गवाहों, दस्तावेजों और फॉरेंसिक विश्लेषण की एक शृंखला से लैस अभियोजन पक्ष का उद्देश्य नटवरलाल के बचाव का विरोध करना और दोष-सिद्धि सुनिश्चित करना था।

मुकदमे को लेकर मीडिया के उन्माद ने अदालती नाटक में तीव्रता की एक और परत जोड़ दी। पत्रकार, फोटोग्राफर और टेलीविजन टीम ने घटना स्थल पर एकत्र हुए हर पल को कैद किया और मामले का विवरण जनता तक पहुँचाया। मुकदमा एक सनसनी बन गया। दैनिक सुर्खियों में कारवाई का विश्लेषण किया गया और दोनों पक्षों द्वारा अपनाई गई रणनीतियों का विश्लेषण किया गया।

मामले की अध्यक्षता कर रहे न्यायाधीश को मीडिया सर्कस के बीच व्यवस्था बनाए रखने और निष्पक्ष सुनवाई सुनिश्चित करने के कठिन कार्य का सामना करना पड़ा। जब प्रत्येक साक्ष्य प्रस्तुत किया गया, प्रत्येक गवाह ने अपना पक्ष रखा और प्रत्येक तर्क दिया गया तो अदालत कक्ष प्रत्याशा से गूँज उठा। फैसले का भार न्यायाधीश के हाथों में था, जिस पर धोखे की सच्चाई को समझने और न्यायसंगत फैसला देने की जिम्मेदारी थी।

जैसे-जैसे मुकदमा अपने निष्कर्ष के करीब आया, कोर्टरूम ड्रामा अपने चरम पर पहुँच गया। समापन दलीलें दी गईं, जिसमें प्रस्तुत किए गए सबूतों व बचाव और अभियोजन—दोनों द्वारा दी गई दलीलों का सारांश दिया गया। नटवरलाल उर्फ मिथिलेश कुमार श्रीवास्तव की किस्मत अब जज और जूरी के हाथों में थी।

अंत में, जूरी ने अपना फैसला सुनाया और न्यायाधीश ने सजा सुनाई। नटवरलाल को कई मामलों में दोषी पाया गया और उसके अपराधों की गंभीरता दी गई सजा में परिलक्षित हुई। कोर्टरूम ड्रामा अपने चरम पर पहुँच चुका था और न्याय व्यवस्था अपनी बात कह चुकी थी।

नटवरलाल उर्फ मिथिलेश कुमार श्रीवास्तव का मुकदमा कानून की अवहेलना करनेवालों को न्याय के दायरे में लाने की कानूनी प्रणाली की शक्ति का प्रमाण था। इसने इस तथ्य के रूप में कार्य किया कि सबसे दु:साहसी अपराधी भी अदालतों की जाँच से बच नहीं सकते। कोई भी कानून से ऊपर नहीं है और किसी के कार्यों के परिणाम अंततः उस तक पहुँचेंगे। मास्टर ठग के खिलाफ कानूनी लड़ाई ने पीड़ितों को न्याय दिलाया, कानून प्रवर्तन के प्रयासों को सही साबित किया और न्याय-प्रणाली में जनता के विश्वास की पुष्टि की।

□

39

नटवरलाल की विरासत

नटवरलाल की विरासत विरोधाभासों से भरी है—एक ऐसा व्यक्ति, जिसने अपना जीवन दूसरों को धोखा देने में बिताया, फिर भी सामूहिक कल्पना को मोहित करने में कामयाब रहा। दुःसाहस, चालाकी और दशकों तक पकड़ से बचने की उसकी क्षमता ने आपराधिक कथा-क्रम के इतिहास पर एक अमिट छाप छोड़ी।

नटवरलाल की विरासत का सबसे महत्त्वपूर्ण पहलू कानून प्रवर्तन और न्याय प्रणाली पर उसका प्रभाव है। अधिकारियों को बार-बार मात देने की उसकी क्षमता ने उसे अपनी रणनीतियों का पुनर्मूल्यांकन करने, अपनी तकनीकों को अपनाने और धोखे की लगातार विकसित हो रही दुनिया से निपटने के लिए नए दृष्टिकोण विकसित करने के लिए मजबूर किया। नटवरलाल के कारनामों से सीखे गए सबक से फॉरेंसिक विज्ञान, खुफिया जानकारी एकत्र करने और जाँच के तरीकों में प्रगति हुई और कानून प्रवर्तन के क्षेत्र में एक स्थायी विरासत छोड़ी गई।

नटवरलाल की उपस्थिति से धोखे की दुनिया हमेशा के लिए बदल गई। उसके विस्तृत विचारों और सरल योजनाओं ने व्यक्तियों व संगठनों को अधिक सतर्क होने, पहचान की प्रामाणिकता पर सवाल उठाने और कुशल धोखेबाजों द्वारा अपनाई गई चालाकी भरी रणनीति के खिलाफ सुरक्षा उपाय विकसित करने के लिए मजबूर किया। नटवरलाल सावधानी

का प्रतीक बन गया कि अर्वध धन का आकर्षण अकसर बरबादी का कारण बन सकता है।

नटवरलाल की विरासत आपराधिकता के दायरे से भी आगे तक फैली हुई थी। उसकी कहानी आम जनता के लिए आकर्षण का विषय बन गई, उनका ध्यान आकर्षित किया और अनगिनत पुस्तकों, फिल्मों एवं वृत्तचित्रों को जन्म दिया। उसके चरित्र की जटिलताएँ, उसकी कमियों का दुःसाहस और उसके वास्तविक उद्देश्यों के आसपास की पहेली ने उसे एक दिलचस्प व्यक्ति बना दिया—एक ऐसा चरित्र, जिसके कारनामों की खोज और बहस जारी है।

नटवरलाल के प्रति स्थायी आकर्षण उसके स्वभाव के द्वंद्व में निहित है—समान मात्रा में आकर्षित करने और धोखा देने की क्षमता। उसके करिश्मे और बुद्धि ने उसे सबसे अधिक संदेह करनेवाले व्यक्तियों का भी विश्वास हासिल करने की अनुमति दी; जबकि उसके कुशल हेर-फेर ने यह सुनिश्चित किया कि हमेशा उसका पलड़ा भारी रहे। उसकी कहानी में चल रही रुचि विश्वास एवं संदेह के बीच नाजुक संतुलन, दिखावे पर सवाल उठाने की आवश्यकता और अनुचित विश्वास के खतरों की याद दिलाती है।

नटवरलाल की विरासत महत्त्वपूर्ण नैतिक प्रश्न भी उठाती है। हालाँकि, उसकी हरकतें निस्संदेह आपराधिक थीं। अमीर और शक्तिशाली लोगों को मात देने की उसकी क्षमता ने कभी-कभी उन लोगों से अनिच्छुक प्रशंसा अर्जित की, जो उसे स्थापित व्यवस्था के खिलाफ विद्रोह के प्रतीक के रूप में देखते थे। उसके कारनामों ने सामाजिक मानदंडों को चुनौती दी और उन लोगों की कमजोरियों को उजागर किया, जिनके पास शक्ति एवं प्रभाव था। यह प्रशंसा और निंदा के बीच का जटिल अंतर्संबंध है, जो उसकी विरासत के इर्द-गिर्द चर्चा को बढ़ावा देता रहता है।

यह स्पष्ट है कि नटवरलाल की विरासत बहुआयामी है। उसका प्रभाव न केवल अपराध की दुनिया में, बल्कि कानून प्रवर्तन, सार्वजनिक चेतना और सामाजिक मूल्यों के क्षेत्र में भी महसूस किया जाता है। उसका जीवन एक

चेतावनी देनेवाली कहानी, धोखे के परिणामों की याद दिलाने और लगातार विकसित हो रही दुनिया में निरंतर सतर्कता की आवश्यकता के रूप में कार्य करता है।

नटवरलाल उर्फ मिथिलेश कुमार श्रीवास्तव पर लिखी पुस्तक अपने पीछे छाया और साजिश में डूबी विरासत को छोड़कर समाप्त होती है। यह मानवीय स्थिति की जटिलताओं, हमारे द्वारा चुने गए विकल्पों और हमारे कार्यों का हम पर तथा दूसरों पर पड़नेवाले प्रभाव की याद दिलाने के रूप में कार्य करती है। नटवरलाल की कहानी हमें सही व गलत, धन की खोज बनाम ईमानदारी की खोज और समाज के हाशिए पर रहनेवाले जीवन के स्थायी आकर्षण के बीच धुँधली रेखाओं पर विचार करने के लिए प्रेरित करती है।

नटवरलाल की कहानी विश्वास की कमजोरी, धोखे के खतरों और सत्य व भ्रम के बीच की महीन रेखा पर चलनेवालों के प्रति शाश्वत आकर्षण की याद दिलाती है।

□

40
अंतिम समय और मृत्यु

अपने जीवन के अंतिम पड़ाव पर कुख्यात ठग नटवरलाल उर्फ मिथिलेश कुमार श्रीवास्तव ने खुद को अपने अतीत के बोझ और समाज के हाशिए पर रहनेवाले जीवन के परिणामों से जूझते हुए पाया। जैसे-जैसे नटवरलाल की उम्र बढ़ती गई, एक समय के अजेय मास्टरमाइंड को अपनी नश्वरता का सामना करना पड़ा। उसके पिछले कारनामों का आकर्षण फीका पड़ने लगा। उसकी जगह आत्मनिरीक्षण की भावना और अपने पीछे छोड़े गए टूटे हुए विश्वास के निशान को सुधारने की इच्छा ने ले ली।

अपने जीवन के अंतिम वर्षों में नटवरलाल ने कानून प्रवर्तन एजेंसियों के साथ सहयोग के माध्यम से सांत्वना और मुक्ति की तलाश की। अपनी पूर्व गतिविधियों की निरर्थकता को पहचानते हुए वह जागरूकता का समर्थक बन गया। इस सहयोग के माध्यम से नटवरलाल को उस अपराध-बोध और पश्चात्ताप को कम करने की उम्मीद थी, जिसने उसकी अंतरात्मा को त्रस्त कर दिया था।

नटवरलाल के अंतिम दिन गहन चिंतन और पश्चात्ताप से भरे हुए थे। वह अपने कार्यों के परिणामों से जूझ रहा था; जिन जिंदगियों को उसने बाधित किया था और जो टूटे हुए सपने उसने छोड़े थे, उनसे जूझ रहा था। उसके अतीत का भार, धन व शक्ति की निरंतर खोज और उन लोगों पर प्रभाव, जो

उसकी योजनाओं का शिकार हो गए थे, ने उसकी अंतरात्मा पर भारी असर डाला।

इस दौरान नटवरलाल ने अपने परिवार से माफी भी माँगी। उसके धोखे के जीवन ने उसके रिश्तों पर गहरा असर डाला था; उन बंधनों को तोड़ दिया था, जो उसके बाद के वर्षों में सांत्वना प्रदान करनेवाले थे। इस समझ के साथ कि उसके कार्यों ने दर्द एवं उथल-पुथल पैदा की है, उसने फिर से जुड़ने, घावों को भरने और अपने निजी जीवन के दायरे में मुक्ति पाने के प्रयास किए।

जैसे-जैसे नटवरलाल की उम्र बढ़ती गई, उसके स्वास्थ्य में गिरावट आने लगी और उसके एक समय के फुरतीले दिमाग में गिरावट के लक्षण दिखने लगे। धोखे और लगातार टाल-मटोल से भरी जिंदगी की मार आखिरकार उस पर हावी हो गई। हर गुजरते दिन के साथ उसके पिछले कुकर्मों का बोझ उसकी अंतरात्मा पर भारी होता गया।

इन अंतिम दिनों के दौरान नटवरलाल, जो अब अपने पूर्व स्वरूप की परछाईं बन चुका था, ने खुद को पछतावे और मुक्ति की लालसा से जूझते हुए पाया। अपनी शारीरिक कमजोरी के बावजूद नटवरलाल ने अपने अतीत का सामना करने और उन लोगों से माफी माँगने की ताकत जुटाई, जिनके साथ उसने अन्याय किए थे। कुछ ने संदेह के साथ प्रतिक्रिया व्यक्त की, जबकि अन्य को उसके शब्दों से सांत्वना मिली।

उसने अपने कृत्यों के कारण टूटे बंधनों को सुधारने की कोशिश करते हुए हार्दिक क्षमा-याचना की; हालाँकि, मुक्ति का मार्ग बाधाओं से रहित नहीं था।

इन व्यक्तिगत संघर्षों के बीच मृत्यु की अनिवार्यता मँडरा रही थी। नटवरलाल को पता था कि उसके दिन अब गिने-चुने रह गए हैं। हालाँकि, सुधार करने के उसके प्रयासों के बावजूद उसका अतीत एक लंबी छाया बना रहा। एक ठग के रूप में उसने जो बदनामी हासिल की थी, वह अंत तक उसका पीछा करती रही, जिससे दूसरों के साथ उसके संबंधों में संदेह

और अविश्वास की भावना बनी रही। मुक्ति के उसके प्रयासों को संदेह और सावधानी से स्वीकार किया गया, क्योंकि उसके धोखे के निशान गहरे थे।

25 जुलाई, 2009 की एक सुबह नटवरलाल ने अपनी आखिरी साँस ली। वह व्यक्ति, जो वर्षों तक अधिकारियों से बचता रहा था, जिसने अनगिनत व्यक्तियों को धोखा दिया था और जिसने धोखे एवं टूटे हुए भरोसे की विरासत छोड़ी थी, अंततः अपने अंतिम भाग्य को प्राप्त कर चुका था। उसकी मृत्यु से एक युग का अंत हो गया और आपराधिक कथा के इतिहास में एक अध्याय का समापन हो गया।

नटवरलाल के निधन के बाद भी उसके जीवन और कारनामों के प्रति जनता का आकर्षण बना रहा। मीडिया आउटलेट्स एवं सच्चे अपराध उत्साही लोगों ने उसकी कहानी का विश्लेषण किया, उसकी साजिशों की पेचीदगियों का विश्लेषण किया और उन अनकहे रहस्यों पर अटकलें लगाईं, जिन्हें वह अपने साथ ले गया था। नटवरलाल की विरासत हमेशा धोखे की दुनिया से जुड़ी रहेगी, जो भ्रम की शक्ति और विश्वास की कमजोरी की याद दिलाती रहेगी।

नटवरलाल की मृत्यु ने उसके जीवन के व्यापक प्रभावों पर भी विचार करने को प्रेरित किया। उसकी कहानी चेतावनी देनेवाली एक कहानी बन गई। उसका नाम एक प्रतीक बन गया, जो सही व गलत के बीच धुँधली रेखाओं, गलत कमाई के आकर्षण और दूसरों पर हमारी पसंद के प्रभाव का प्रतिनिधित्व करता है। नटवरलाल का जीवन और मृत्यु इस बात की याद दिलाती है कि धोखे के परिणाम आसानी से मिटते नहीं हैं। टूटा हुआ विश्वास, टूटे हुए सपने और उसके बाद छोड़े गए भावनात्मक घाव उसके निधन के बाद भी लंबे समय तक बने रहेंगे। फिर भी, उसकी कहानी ने मुक्ति की क्षमता, हमारी गलतियों से सीखने की संभावना और आत्म-प्रतिबिंब की परिवर्तनकारी शक्ति पर भी प्रकाश डाला।

□

उपसंहार

जैसे ही नटवरलाल उर्फ मिथिलेश कुमार श्रीवास्तव पर पुस्तक का अंतिम अध्याय समाप्त हो रहा है, हमारे द्वारा की गई असाधारण यात्रा पर रुकना और विचार करना उचित है। एक छोटे शहर के लड़के की साधारण शुरुआत से लेकर एक मास्टर ठग के रूप में कुख्याति की ऊँचाइयों तक, नटवरलाल के जीवन ने आपराधिक कथा के इतिहास पर एक अमिट छाप छोड़ी।

उसका जीवन प्रकाश और छाया, सत्य और धोखे के बीच निरंतर चलायमान था। उसके पास बुद्धिमत्ता, करिश्मे और दु:साहस का एक अनूठा संयोजन था, जो उसे दूसरों की कमजोरियों में हेर-फेर करने की अनुमति देता था। विभिन्न पहचानों को सहजता से अपनाने और विस्तृत आख्यानों का निर्माण करने की उसकी क्षमता ने उसे अपने पीड़ितों के जीवन में घुसपैठ करने में सक्षम बनाया, जिससे उसके पीछे टूटे हुए विश्वास का निशान रह गया।

जबकि नटवरलाल के अपराध निर्विवाद रूप से अनुचित व अवैध थे और उसने अपने पीड़ितों को अथाह नुकसान पहुँचाया था, उसकी कहानी अवैध गतिविधियों की सूची से कहीं आगे थी। यह एक लेंस के रूप में कार्य करती है, जिसके माध्यम से हम मानवीय स्थिति की जटिलताओं, विश्वास की कमजोरी और निषिद्ध के आकर्षण की जाँच करते हैं। नटवरलाल का

जीवन एक सतर्क कहानी बन जाता है, जो हमें हमारी इच्छाओं की गहराई में छिपे संभावित खतरों और उनके आगे झुकने के परिणामों से आगाह करती है।

नटवरलाल की कहानी से उभरनेवाला पहला विषय धारणा की शक्ति है। एक ठग के रूप में अपने कॅरियर के दौरान नटवरलाल ने दूसरों के बारे में जो धारणा बनाई है, उसमें हेर-फेर करने की अपनी क्षमता पर भरोसा किया। उसने माना कि दिखावे और सामाजिक अपेक्षाओं का उपयोग उनके लाभ के लिए किया जा सकता है, जिससे विश्वसनीयता और भरोसे का भ्रम पैदा होता है। यह हमें हमारी धारणाओं पर सवाल उठाने, हमारे सामने प्रस्तुत आख्यानों को चुनौती देने और सच्चाई को उजागर करने के लिए सतह के नीचे जाने के महत्त्व की याद दिलाता है।

एक अन्य विषय, जो नटवरलाल के जीवन में व्याप्त था, वह था संवेदनशीलता और लचीलेपन—दोनों के लिए मानवीय क्षमता। उसके पीड़ित, अपनी बुद्धिमत्ता और धन के बावजूद, उसकी साजिश भरी योजनाओं का शिकार हो गए, जो हेर-फेर की सार्वभौमिक संवेदनशीलता को उजागर करते थे। साथ ही, उसकी अनुकूलन, सुधार और बाधाओं को दूर करने की क्षमता ने मानवीय भावना के लचीलेपन को प्रदर्शित किया। असुरक्षा और लचीलेपन का यह द्वंद्व हमारी साझा मानवता और दूसरों की प्रेरणाओं एवं कार्यों को समझने में सहानुभूति की आवश्यकता की याद दिलाता है।

नटवरलाल की कहानी उसके विपक्ष में निहित शक्ति की गतिशीलता पर भी जोर देती है। उसने ऐसे व्यक्तियों को निशाना बनाया, जो अधिकार या धन के पदों पर थे, उसके विश्वास का शोषण करते थे और उसके खिलाफ अपनी इच्छाओं का उपयोग करते थे। यह समाज के भीतर अंतर्निहित असंतुलन पर प्रकाश डालता है और कमजोर लोगों की रक्षा के लिए सत्ता में बैठे लोगों की जिम्मेदारी पर सवाल उठाता है। यह हमें हमारे कार्यों के नैतिक निहितार्थों और उन कम विशेषाधिकार प्राप्त लोगों पर पड़नेवाले संभावित परिणामों पर विचार करने के लिए भी प्रेरित करता है।

यह पुस्तक नटवरलाल की मानसिकता, प्रेरणाओं और उसके भ्रामक

व्यवहार को प्रेरित करनेवाले मनोवैज्ञानिक कारकों पर प्रकाश डालते हुए एक ठग के मनोविज्ञान का भी पता लगाती है। यह उसके व्यक्तिगत इतिहास, धोखाधड़ी के रोमांच और धन की खोज के बीच जटिल अंतर्संबंध को प्रकट करती है। नटवरलाल की कहानी मानव-मन का एक सूक्ष्म रूप बन जाती है, जो इच्छाओं, भय और असुरक्षाओं की जटिल चित्रपट्टी को उजागर करती है, जो हमारी पसंद और कार्यों को आकार देती है।

लेकिन नटवरलाल की विरासत अपराध और धोखे के दायरे तक सीमित नहीं है। यह कानून प्रवर्तन, न्याय-प्रणाली और बड़े पैमाने पर समाज पर उसके प्रभाव तक फैली हुई है। लगातार पकड़ से बचने की उसकी क्षमता ने अधिकारियों को अपनी रणनीतियों को अनुकूलित करने, अपने तरीकों को परिष्कृत करने और धोखे की लगातार विकसित हो रही दुनिया से एक कदम आगे रहने के लिए मजबूर किया। नटवरलाल के कारनामों से सीखे गए सबक का कानून प्रवर्तन के क्षेत्र पर स्थायी प्रभाव पड़ा, जिससे फॉरेंसिक विज्ञान, खुफिया जानकारियाँ एकत्र करने और आपराधिक मनोविज्ञान के अध्ययन में प्रगति हुई।

नटवरलाल की कहानी मुक्ति और परिवर्तन की मानवीय क्षमता की याद दिलाने का भी काम करती है। उसके जीवन को परिभाषित करनेवाले अंधकार के बावजूद उसे अपने बाद के वर्षों में मुक्ति की एक झलक मिली। कानून प्रवर्तन एजेंसियों के साथ सहयोग करके, अपनी अंतर्दृष्टि साझा करके और धोखे की दुनिया के बारे में दूसरों को शिक्षित करके नटवरलाल ने अपने पिछले कृत्यों का प्रायश्चित्त करना चाहा। धोखे में महारत हासिल करने से लेकर जागरूकता की वकालत करनेवाले तक की उसकी यात्रा यह उम्मीद जगाती है कि बदनामी की गहराइयों में भी परिवर्तन और विकास की संभावना मौजूद है।

जैसे ही पाठक नटवरलाल उर्फ मिथिलेश कुमार श्रीवास्तव पर पुस्तक के अंतिम पन्ने बंद करते हैं, हम असंख्य भावनाओं—आकर्षण, जिज्ञासा और बेचैनी की भावना से बचे रहते हैं। उसका जीवन हमें अपने मूल्यों की जाँच

करने, अपने भीतर की कमजोरियों का सामना करने और एक ऐसी दुनिया में विश्वास की प्रकृति पर सवाल उठाने की चुनौती देता है, जहाँ धोखा अकसर छाया में छिपा रहता है।

नटवरलाल की कहानी प्रासंगिक है, क्योंकि यह हमें हमारे मानव स्वभाव के गहन पहलुओं—धन, शक्ति तथा मान्यता की इच्छाओं और उन इच्छाओं के आगे झुकने के संभावित परिणामों का सामना करने के लिए मजबूर करती है। यह हमें संदेह और विश्वास के बीच नाजुक संतुलन बनाने, हमारे सामने प्रस्तुत पहलुओं से परे सच्चाई की तलाश करने और उन लोगों के लिए सहानुभूति पैदा करने के लिए मजबूर करती है, जो धोखे व छल को शिकार हो गए हैं।

नटवरलाल की विरासत हमेशा अपराध, मनोविज्ञान और सत्य की खोज के क्षेत्र से जुड़ी रहेगी। उसका नाम मानव स्थिति की जटिलताओं और निषिद्ध के स्थायी आकर्षण की याद दिलाते हुए आनेवाली पीढ़ियों को मोहित तथा सचेत करता रहेगा।

अब, जैसे ही हम नटवरलाल उर्फ मिथिलेश कुमार श्रीवास्तव की मोहक दुनिया को अलविदा कहते हैं, आइए, हम उसके जीवन से सीखे गए सबक को अपने साथ ले जाएँ—सवाल करने, समझने और एक ऐसी दुनिया के लिए प्रयास करने की याद दिलाएँ, जहाँ विश्वास अर्जित किया जाता है, धोखे का खुलासा किया जाता है और सत्य की खोज सर्वोच्च है।

□

नटवरलाल : सार-संक्षेप

नटवरलाल उर्फ मिथिलेश कुमार श्रीवास्तव का जीवन दुःसाहसी चोरियों, दुःसाहसी डकैतियों और कुशल नकलचियों का एक रोलरकोस्टर था। एक छोटे से गाँव में अपने शुरुआती दिनों से लेकर राष्ट्रीय मंच पर अपने कुख्यात कारनामों तक, धोखा देने और हेर-फेर करने की नटवरलाल की क्षमता ने देश को मंत्रमुग्ध कर दिया। हालाँकि, उसके कार्यों से उसके पीड़ितों को भारी पीड़ा हुई, लेकिन अपने पूरे आपराधिक कॅरियर में उसने जो असाधारण प्रतिभा और चतुराई दिखाई, उससे इनकार नहीं किया जा सकता। हालाँकि, नटवरलाल की कहानी काफी समय पहले ही गुजर चुकी है, लेकिन यह इस बात का प्रतीक है कि एक व्यक्ति अपनी महत्त्वाकांक्षाओं को हासिल करने के लिए किसी भी हद तक जा सकता है, चाहे इसके लिए नैतिक कीमत ही क्यों न चुकानी पड़े!

नटवरलाल उर्फ मिथिलेश कुमार श्रीवास्तव की ठगी की कहानियाँ एक ऐसे व्यक्ति की तसवीर पेश करती हैं, जो धोखे में माहिर, वेश बदलने में माहिर और दुःसाहसी से भरी साजिश रचने में माहिर था। एक छोटे से चालबाज के रूप में शुरुआती दिनों से लेकर अपने समय के सबसे कुख्यात ठगों में से एक के रूप में उभरने तक, नटवरलाल की चालाकी और दुःसाहस की कोई सीमा नहीं थी। भावनाओं में हेर-फेर करने, कमजोरियों का फायदा उठाने और शक्तिशाली गठबंधन बनाने की उसकी क्षमता ने उसे

भव्य योजनाएँ बनाने की अनुमति दी, जिससे अनगिनत पीड़ितों को वित्तीय बरबादी का सामना करना पड़ा।

नटवरलाल उर्फ मिथिलेश कुमार श्रीवास्तव के कृत्यों की कुछ झलकियाँ—

- अपनी युवावस्था में नटवरलाल ने छोटे-मोटे घोटालों और छोटी-मोटी धोखाधड़ी से शुरुआत की। वह अपनी चिकनी-चुपड़ी बातों से स्थानीय लोगों को आकर्षित कर लेता था। नकली सोने के गहने बेचने से लेकर धाँधली वाले कार्ड गेम आयोजित करने तक, उसने अपनी कुटिल योजनाओं के माध्यम से संपत्ति जमा करना शुरू कर दिया। हालाँकि, जैसे ही उसकी कपटपूर्ण गतिविधियों के बारे में बात फैली, उसे अपना गृह नगर छोड़कर अन्य हरे-भरे चरागाहों की तलाश करनी पड़ी।
- नटवरलाल खुद को एक वित्तीय सलाहकार के रूप में पेश करके भोले-भाले ग्रामीणों को आकर्षक निवेश के जाल में फँसा लेता था। पर्याप्त रिटर्न का वादा करके अपने पीड़ितों से पर्याप्त धनराशि ऐंठता और धोखे का पर्दाफाश होने पर भाग जाता।
- वह खुद को अमीर व्यापारियों से लेकर सरकारी अधिकारियों तक विभिन्न पात्रों में बदल सकता था। इस कौशल ने उसे उच्च समाज के हलकों में घुसपैठ करने और प्रभावशाली व्यक्तियों का विश्वास हासिल करने की अनुमति दी, जो बाद में उसका लक्ष्य बन गए।
- नटवरलाल की सबसे कुख्यात धोखाधड़ी में से एक भूमि सौदा था, जिसने पूरे क्षेत्र को हिलाकर रख दिया था। एक रियल एस्टेट टाइकून के रूप में प्रस्तुत करते हुए उसने धनी निवेशकों के एक समूह को एक दूर-दराज के इलाके में जमीन के विशाल भूखंड खरीदने के लिए राजी किया और उसे एक प्रमुख आवासीय क्षेत्र में बदलने का वादा किया। निवेशक उसके आकर्षण में फँस गए और लाखों रुपए दे दिए; हालाँकि, भूमि बंजर थी और विकास के लिए

उपयुक्त नहीं थी। जब तक पीड़ितों को सच्चाई का अहसास हुआ, तब तक नटवरलाल उनके पैसे लेकर गायब हो चुका था।

- नटवरलाल के दु:साहस की कोई सीमा नहीं थी। एक अन्य दु:साहसिक योजना में उसने एक फर्जी बैंक बनाया और बिना सोचे-समझे ग्राहकों को अपनी जीवन भर की बचत को अपने फर्जी बैंक में जमा करने के लिए मना लिया। नकली दस्तावेजों से कार्य करते हुए वह कई महीनों तक फर्जी बैंक चलाने में सफल रहा।
- नटवरलाल ने एक बड़ी डकैती को अंजाम देने की योजना बनाई। उसने कुशल व्यक्तियों की एक टीम तैयार की, जिनमें से प्रत्येक अपने-अपने क्षेत्र में विशेषज्ञ था। साथ में, उन्होंने देश के सबसे प्रतिष्ठित बैंकों में से एक में उच्च सुरक्षा वाली तिजोरी को लूटने की योजना बनाई। उस डकैती में जटिल इंजीनियरिंग, कंप्यूटर हैकिंग और सही टाइमिंग शामिल थी। ऐसा लग रहा था कि ऑपरेशन सफल होने वाला है, लेकिन आखिरी मिनट में हुई गलती के कारण पूरी योजना खतरे में पड़ गई और नटवरलाल बाल-बाल बच गया।
- नटवरलाल ने एक बार स्वयं को एक कला विशेषज्ञ और डीलर के रूप में प्रस्तुत करते हुए धनी, पारखी एवं संग्रहकर्ताओं को दुर्लभ तथा मूल्यवान् कलाकृतियों में निवेश करने के लिए राजी किया। उन्हें कम ही पता था कि वे टुकड़े नटवरलाल के कुशल कलाकारों की टीम द्वारा बनाई गई विस्तृत जालसाजी थे। पीड़ितों को धोखे का अहसास तब हुआ, जब उन्होंने अपने 'अमूल्य' अधिग्रहण को बेचने की कोशिश की, लेकिन वैध कला विशेषज्ञों ने उन्हें फर्जी करार दे दिया।
- वैभव के शौकीन नटवरलाल ने एक पिरामिड योजना तैयार की, जिसमें निवेशकों को भारी रिटर्न का वादा किया गया। उसने खुद को एक वित्तीय प्रतिभा के रूप में प्रस्तुत किया, जिसने एक अचूक निवेश अवसर की खोज की थी। जैसे-जैसे योजना बढ़ती गई, उसने

नए निवेशकों से प्राप्त धन का उपयोग पिछले निवेशकों को भुगतान करने के लिए किया, जिससे लगातार रिटर्न का भ्रम पैदा हुआ। यह योजना तेजी से विस्तारित हुई, जब तक कि यह अंततः ध्वस्त नहीं हो गई, जिससे हजारों लोग तबाह हो गए, उनकी जीवन भर की बचत नष्ट हो गई।

- नटवरलाल के दुःसाहस की कोई सीमा नहीं थी। अपने सबसे दुःसाहसी दावों में से एक में, उसने विशाल संपत्ति वाले एक धनी परिवार का लंबे समय से खोया हुआ उत्तराधिकारी होने का दावा किया। जाली दस्तावेज तैयार करके और एक दुःखद पृष्ठभूमि की कहानी गढ़कर वह वकीलों, बैंकरों और यहाँ तक कि दूर के रिश्तेदारों को भी अपनी प्रामाणिकता के बारे में समझाने में कामयाब रहा। जैसे ही विरासत के लिए कानूनी लड़ाई शुरू हुई, नटवरलाल बड़ी कुशलता से स्थिति का लाभ उठाते हुए धन-संपत्ति लेकर चंपत हो गया।
- प्रभावशाली हस्तियों के साथ रिश्ते बनाने की नटवरलाल की क्षमता आश्चर्यजनक थी। वह राजनेताओं और नौकरशाहों का समान रूप से समर्थन प्राप्त करते हुए राजनीतिक हलकों में घुसपैठ करने में कामयाब रहा। उसके संबंधों ने उसे कानून से बचने में मदद की, क्योंकि उसे अकसर जाँच और आसन्न गिरफ्तारियों के बारे में अंदरूनी जानकारी प्राप्त हो जाती थी। इन गठबंधनों ने यह सुनिश्चित किया कि वह अधिकारियों से एक कदम आगे रहे और अपने समय के सबसे मायावी व चालाक ठग कलाकारों में से एक के रूप में अपने कॅरियर को लंबा खींच सके।
- हमेशा नई चुनौतियों की तलाश में रहनेवाले नटवरलाल ने एक बार एक हलचल भरे शहर में एक प्रसिद्ध कैसीनो पर अपनी नजरें जमाईं। उसने एक विस्तृत योजना बनाई, जिसमें सहयोगियों का एक नेटवर्क शामिल था, जो ध्यान भटकाता और कैसीनो की निगरानी

प्रणाली में हेर-फेर करता और नटवरलाल विभिन्न खेलों में बड़ी रकम जीत लेता। कैसीनो की सुरक्षा का उसकी टीम की सटीकता और चालाकी से कोई मुकाबला नहीं था, जिससे किसी को भी अहसास होने से पहले कि क्या हुआ था, वह लाखों रुपए लेकर निकल जाता।

- जैसे-जैसे नटवरलाल की प्रसिद्धि बढ़ती गई, वैसे-वैसे उसकी महत्त्वाकांक्षाएँ भी बढ़ती गईं। उसने पासपोर्ट, वीजा और यहाँ तक कि नकली मुद्रा की अंतरराष्ट्रीय जालसाजी को शामिल करने के लिए अपने कार्यों का विस्तार किया। लिखावट की नकल करने और आधिकारिक दस्तावेजों की बिल्कुल सटीक प्रतिकृतियाँ बनाने की उसकी क्षमता ने उसे अवैध वस्तुओं एवं सेवाओं के लिए एक समृद्ध काले बाजार को सुविधाजनक बनाने की अनुमति दी। धोखे का यह जाल सीमाओं के पार तक फैला हुआ है, जिससे पुलिस के लिए उसे पकड़ना और भी चुनौतीपूर्ण हो गया।
- नटवरलाल वेश बदलने में माहिर था। वह अपना रूप इतनी दृढ़ता से बदल सकता था कि जो लोग उसे अच्छी तरह से जानते थे, वे भी उसे पहचानने में असफल हो जाते थे। इस कौशल ने उसे अधिकारियों के साथ कई करीबी मुठभेड़ों से बचने और दंड से मुक्ति के साथ दुःसाहसिक अपराधों को अंजाम देने की करामात दी। खुद को बार-बार नया रूप देने की उसकी क्षमता ने एक पहेली के रूप में उसकी प्रतिष्ठा को मजबूत किया, जिससे कानून भी चकित व विस्मित रह गया।
- नटवरलाल की महत्त्वपूर्ण गिरफ्तारियों में से एक उसके कला नीलामी घोटाले से संबंधित थी। संदिग्ध ग्राहकों की सूचना पर पुलिस अधिकारियों ने आखिरकार उसे पकड़ लिया। कई पीड़ितों ने उसके खिलाफ गवाही दी, जिसमें विस्तृत जालसाजी को अंजाम देने में उसकी संलिप्तता के सबूत पेश किए गए। मुकदमे में

नटवरलाल खुद का प्रतिनिधित्व कर रहा था और जूरी पर जीत हासिल करने के लिए अपने प्रेरक व आकर्षक शब्द-जाल का प्रयोग कर रहा था; हालाँकि, उसके प्रभावशाली कानूनी कौशल के बावजूद अंततः उसे दोषी पाया गया और थोड़े समय के कारावास की सजा सुनाई गई।

- एक बचत योजना में नटवरलाल की भागीदारी के कारण एक और गिरफ्तारी हुई। हजारों लोग उस योजना का शिकार हो गए और अपनी जीवन भर की कमाई खो बैठे। इस बार उसके खिलाफ सबूत बहुत ज्यादा थे और वह परेशानी से बाहर निकलने के बारे में बात नहीं कर पा रहा था। अदालत ने उसे धोखाधड़ी योजना को अंजाम देने का दोषी पाया और उसे लंबी जेल की सजा सुनाई गई। सजा के लिए सलाखों के पीछे होने के बावजूद नटवरलाल की चालाकी पर काबू नहीं पाया जा सका। वह आसानी से अधिकारियों से बचकर एक दुःसाहसिक जेल ब्रेक का मंचन करने में कामयाब रहा। उसने उस साहसी पलायन को कैसे पूरा किया, इसका विवरण रहस्य में डूबा हुआ है, जो एक मास्टर एस्केप कलाकार के रूप में उसकी प्रसिद्ध स्थिति को जोड़ता है।
- नटवरलाल के फर्जी विरासत घोटाले ने उसे एक बार फिर सुर्खियों में ला दिया। विशाल संपत्ति वाले एक धनी परिवार का असली उत्तराधिकारी होने का उसका दावा अस्वीकार्य हो गया और जाँचकर्ता उसके झूठ का पर्दाफाश करने के लिए कृत-संकल्प थे। लंबी जाँच के बाद उन्होंने उसके खिलाफ सबूतों का पहाड़ इकट्ठा कर लिया। इस बार न्याय के शिकंजे से बचना संभव नहीं था। नटवरलाल को गिरफ्तार कर लिया गया और मुकदमे में उसके खिलाफ गवाही देने के लिए कई गवाह आगे आए। अदालत ने उसके धोखाधड़ी के तरीकों को हमेशा के लिए खत्म करने के इरादे से उसे कड़ी सजा सुनाई।

- जब ऐसा लगा कि नटवरलाल के पकड़ से दूर रहने के दिन खत्म हो गए हैं तो उसने एक और कारनामा कर दिखाया। एक जेल से दूसरी जेल में स्थानांतरित किए जाने के दौरान वह बिना किसी निशान के गायब होने में कामयाब रहा, जिससे अधिकारी हक्के-बक्के रह गए। इस साहसपूर्ण कृत्य ने लोगों के बीच उसकी प्रतिष्ठा को और मजबूत कर दिया।

नटवरलाल उर्फ मिथिलेश कुमार श्रीवास्तव का जीवन आजादी और कैद के बीच निरंतर झूलता रहा। प्रत्येक गिरफ्तारी के साथ उसने कानून के चंगुल से बचने में उल्लेखनीय लचीलापन और सरलता प्रदर्शित की। उसके आकर्षण और बुद्धिमत्ता ने उसे कानूनी प्रणाली में हेर-फेर करने और कई अवसरों पर पकड़ से बचने का कौशल दिया; हालाँकि, उसके आपराधिक कारनामे अंततः उस पर हावी हो गए और उसे अपने कार्यों के लिए गंभीर परिणाम भुगतने पड़े। भागने की उसकी क्षमता के बावजूद उसकी अंतिम पकड़ ने एक कुख्यात आपराधिक कॅरियर का अंत कर दिया और अपने पीछे दुःसाहसी अपराध एवं भारत के सबसे रहस्यमय ठगों में से एक के प्रति स्थायी आकर्षण की विरासत छोड़ दी।

□□□